Christopher Abendroth ist seit drei Jahrzehnten passionierter Autor von Fantasy- und Science-Fiction-Geschichten. Mit »Der salzige Geschmack unserer Freiheit« legt er jetzt sein Debüt vor.

Privat ist er Familienvater mit Leib und Seele und bereist gerne ferne Kulturen und Naturwunder.

Christopher Abendroth

Der salzige Geschmack unserer Freiheit

eine SciFi-Novelle

2. Edition, 2022

Christoph Domaschke
Herxheimerstraße 27
60326 Frankfurt am Main

abendroth@abendwelten.de

Stilistisches Lektorat: Veronika Moosbuchner
(https://www.lektorat-moosbuchner.de)
Korrektorat: frei & fantastisch – Lektoratsservice
(https://steffifrei.de/lektoratsservice/)
Coverdesign: Ria Raven Coverdesign
(https://riaraven.de)

ISBN: 978-3-910394-00-1

Für meine Frau Steffi, ohne die ihr dieses Buch nicht in den Händen halten würdet.

Anmerkung des Autors:

In diesem Buch folge ich dem, von Amnesty International empfohlenen, nichtdiskriminierenden Sprachgebrauch. Dabei bezeichnet »Schwarze Menschen« (in Großschreibung) und »*weiße* Menschen« (kursiv) jeweils nicht die Hautfarbe, sondern stellt ein »konstruiertes Zuordnungsmuster« dar und »keine reelle ›Eigenschaft‹, die auf die Farbe der Haut zurückzuführen ist«. Das liest sich ungewohnt, ist aber nach Auffassung auch anderer Quellen korrekter Sprachgebrauch.

Quelle: https://www.amnesty.de/2017/3/1/glossar-fuer-diskriminierungssensible-sprache

Aus dem New Jersey Mirror, 21ter Februar 2045

Zuchtverbot für Morphs erlassen: Preise der Auslaufmodelle steigen rasant

Das am gestrigen Montag vom Obersten Gericht verhängte Verbot zur Zucht von anthropomorphen Hybridwesen, kurz Morphs, sorgte an der Börse für einen Erdrutsch bei den betroffenen Aktien. Im Gegenzug sind die Preise für bereits gezüchtete Morphs rapide im Steigen begriffen. Hintergrund ist, dass sich das Verbot zwar auf die Zucht, nicht aber auf den Verkauf und die Haltung als Diener erstreckt. Weder bei *Anthrotec* noch bei *Morph Biotics* oder einem der kleineren Hersteller war das gehobene Management zu einer Stellungnahme bereit.

Jason Fuller vom Verband *Morph Freedom*, welcher die Klage eingereicht hatte, äußerte sich dem *New Jersey Mirror* gegenüber sichtlich zufrieden: »Endlich wird dieser verabscheuungswürdigen Sklavenzucht ein Riegel vorgeschoben, die seit fünf Jahren unter fadenscheinigen Begründungen als legal und nicht unmoralisch gilt. All die verdammten Heuchler, die bisher den Kopf in den Sand gesteckt haben, um sich nicht vor ihrer Moral und Gott rechtfertigen zu müssen, haben mit der Urteilsbegründung ordentlich Stoff zum Nachdenken erhalten.« Zu der Frage, was *Morph Freedom* für die Zukunft plane, äußerte sich

Fuller nur knapp: »Weitermachen, was sonst? Das Zuchtverbot ist erst der Anfang.«

Ungebrochen

Wie ein Schlafwandler, der in einem surrealen Traum gefangen war, betrat David Blake die VIP-Lounge von *Anthrotec*, um einen Sklaven zu kaufen. Sein Körper bewegte sich gegen seinen Willen und vor seinen Augen lief eine Geschichte ab, die unmöglich die seine sein konnte.

»Ihre persönliche Beratung wird in wenigen Minuten beginnen, Mister Blake«, holte ihn die zittrige Stimme der Sekretärin ein Stück weit zurück in die Realität. »Bitte sehen Sie uns die Verzögerung nach … Hätten Sie sich angemeldet, wäre das nicht passiert.«

Erst als das Schweigen sich dehnte und ihre Augenbrauen immer erwartungsvoller nach oben wanderten, erkannte er die Notwendigkeit einer Antwort. »Ich wollte keinen … Wirbel darum machen, wenn Sie verstehen.«

Das eifrige Nicken der Sekretärin zeigte ihm, dass sie *nicht* verstand. Ganz im Gegenteil sahen sich ihre blassblauen Augen an ihm satt, als wäre er Naschwerk. »Oh, das kann ich gut nachvollziehen, Mister Blake. Ich lese alle Interviews mit Ihnen und weiß, wie sehr Sie Trubel um Ihre Person hassen.«

Einige Momente der peinlichen Stille später schien sie seine Irritation endlich zu bemerken und fand zu einem professionelleren Auftreten zurück. »Seien Sie versichert, dass Diskretion bei *Anthrotec* großgeschrieben wird.« Mit der Hand deutete sie auf einen schweren Ledersessel vor einem Schreibtisch aus zweifelsohne echtem Mahagoniholz. »Wünschen Sie einen Drink, Mister Blake? Vielleicht Ihren Lieblingscocktail – Caipirinha, richtig?«

Eigentlich trank er am frühen Morgen keinen Alkohol. Heute indessen verspürte er den Drang, sich den Tag schönzutrinken. »Das wussten Sie ohne Abruf meiner Präferenzen?«, fragte er, nun doch ein wenig geschmeichelt. Sie musste die Interviews nicht nur gelesen, sondern verschlungen haben. »Sehr gern, danke.«

Ihr aufflammendes Lächeln, das mehr zu einer Frischverliebten passen mochte, verbarg sie rasch mit einem Nicken. »Kommt sofort, Mister Blake.« Eifrig huschte sie davon und ließ David im geräumigen Büro allein.

Kaum dass er das vertraute Terrain verließ, einer Bewunderin Aufmerksamkeit zu schenken, kehrte das verstörende Gefühl zurück, am falschen Ort zu sein. Alles, was er hier sah – der platindurchwirkte Marmorboden, die weinroten Seidentapeten und zwei Skulpturen gefragter Künstler – waren mit Sklavengeld bezahlt worden. Wohl sollte die hochwertige Dekoration den Kunden den Eindruck geben, einflussreich und wertvoll zu sein. Für David hingegen haftete diesem Raum der fauligsüße Geruch spätrömischer Dekadenz an.

Kopfschüttelnd nahm er im angebotenen Sessel Platz und würdigte den Katalog mit dem Titel *Ich lebe, um zu dienen* keines zweiten Blickes. Er musste nicht irgendwelche Broschüren wälzen, wusste er doch, was er brauchte, und es würde ihn einen beträchtlichen Teil seines Wohlstandes kosten. Ein Vermögen, das all den sündhaften Pomp finanzieren würde.

Oder sorgte der Luxus dafür, dass Kunden wie er viel Geld bezahlten? Denn als sich David noch einmal umsah, wurde ihm eines deutlich: Dies war das Empfangszimmer für die exklusive, männliche Kundschaft. Die gediegene Herrenclubatmosphäre sprach Bände. Das erklärte auch die laszive Pose der unbekleideten Löwenfrau auf dem Katalogtitel. *Diesen* Katalog hatte es in der Öffentlichkeit nie gegeben.

In diesem Augenblick kam auf flüsterleisen Sohlen die Vorzimmerdame hereingeschwebt. Auf einer Hand balancierte sie mühelos ein winziges Tablett mit dem Drink. Die andere jedoch verbarg sie seltsam umständlich hinter ihrem Rücken. David stellte den Caipirinha neben den Katalog auf das Beistelltischchen.

»Vielen Dank, das …« Als er sich wieder der Sekretärin zuwandte, reckte sie ihm mit kolibrihaft flatternden Augenlidern ein aufgeschlagenes Buch entgegen. Überrumpelt starrte er auf sein eigenes Autorenfoto des Einbandes hinab. Seine braunen Augen sahen gutmütig aus seinem ovalen Allerweltsgesicht zurück. Damals hatte er versucht, sich und seine schwarzen Haare mit einer Sturmfrisur verwegen aussehen zu lassen.

Eher aus Reflex nahm er den abgegriffenen Band an sich und warf einen Blick auf den Buchrücken: *Der Ruf der Freiheit.*

»Wegen dieses Buches habe ich bei *Anthrotec* angefangen«, plapperte die Sekretärin los, als er fragend zu ihr aufschaute. »Ich wollte ein Teil davon sein, dass aus dem Traum von Tiermenschen Wirklichkeit wird. Sie sind so eine Bereicherung für unser graues Dasein, nicht wahr?« Sie schloss ihren Stakkato-Monolog mit einem letzten

Augenklimpern und verfiel in ein erwartungsvolles Starren.

Für einen Augenblick wusste David nicht, was er erwidern sollte. Wenn er jemals die Illusion gehabt hatte, mit seinen Büchern die Welt zu einem besseren Ort zu machen, indem er Menschen zum Nachdenken brachte, dann zerschellte sie gerade an dieser Frau. *Anthrotec* erschuf Sklaven, verdammt!

»Kann ich … ein Autogramm haben?«, fragte sie mit immer leiser werdender Stimme.

Mit einer Kälte, zu der er sich nicht fähig gewähnt hatte, schaute David in ihre Augen, in denen Angst und Hoffnung hin und her wogten. »Nein.« Mit einem Stich von Reue sah er ihrem erwartungsvollen Lächeln beim Sterben zu, das zuvor durchaus ansprechend gewesen war. Ebenso konnte er geradezu beobachten, wie hinter ihrer Stirn die Worte »arroganter Arsch« auf Wanderschaft gingen. Beinahe tat sie ihm leid. Ohne einen weiteren Laut holte sich die Sekretärin das Buch zurück und verschwand.

Und wieder ein Fan weniger, dachte er und nippte ein Quäntchen wehmütig an dem Drink. Wenn es in den kommenden Wochen schlecht lief, würde sie nur die erste unter vielen sein.

Ein kaum hörbares Klicken im hinteren Teil des Büros erlöste David aus seinem Grübeln. Selbstverständlich war es eine schlanke Schönheit, die – auf klackenden Stöckelschuhen – durch eine andere Tür den Raum betrat. Ihr Anblick sollte ohne Frage seinen männlichen Sinnen schmeicheln: brünettes, schulterlanges Haar, ein schmales, ebenmäßiges Gesicht und dunkelbraune Augen. Reflexhaft erhob er sich.

Ein zarter Geruch von Frühlingsblumen umgab sie, als sie ihm lächelnd die Hand reichte. »Es ist mir eine Freude, Sie persönlich begrüßen zu dürfen, Mister Blake. Ihre Anwesenheit ehrt unsere Firma. Wenn es Ihnen gefällt, können sie mich Sandy nennen.«

David vermutete, dass sie das zu jedem der wohlhabenderen Kunden sagte, bemühte sich aber dennoch seinerseits um ein Lächeln und erwiderte: »*Anthrotec* steht im Ruf, die besten Morphs zu verkaufen. Darum bin ich hier.«

Sandy – ohne Nachnamen – zeigte sich deutlich erfreut über die Schmeichelei und bot ihm an, sich wieder zu setzen. Bar jeglicher Hast nahm sie ihrerseits hinter dem Schreibtisch Platz.

»Mister Blake, Sie wirken auf mich wie ein Mann, der weiß, worauf er aus ist«, sagte sie immer noch gewinnend lächelnd, jedoch dezent genug, um nicht falsch oder aufdringlich zu erscheinen. »Was kann *Anthrotec* für Sie tun? Für namhafte Kunden wie Sie steht selbstverständlich unverändert die gesamte Angebotspalette offen – trotz dieses … bedauerlichen Justizfehlers.«

»Ich würde mir gern Morphs ansehen, die für das … häusliche Umfeld geeignet sind.« Die Branche hatte es mit sich gebracht, dass man solche wohlklingenden Umschreibungen für Sklaven gebrauchte. Niemand sprach freimütig die hässlichen Dinge aus, die hinter den schönen Worten standen. Ein Haussklave war ein Haussklave, außer er war ein Morph. Dann nannte man ihn einen »Morph für das häusliche Umfeld«, weil selbst die Bezeichnung »Diener« inzwischen einen negativen Anklang besaß.

»Also schließen Sie Leibwächter sowie belastbare Arbeiter von vornherein aus.« Sie tippte etwas in den

Computer ein – die neuste Generation mit einer holographisch projizierten Tastatur, die gleichzeitig als Bildschirm diente. Kein Zögern, nicht die Spur von Bedenken – sie folgte lediglich einer Standardprozedur.

»Wünschen Sie eine weibliche oder eine männliche Variante?«, fuhr sie fort. »Wir haben sogar ein paar Exemplare designt, die gemischte Primärmerkmale besitzen.«

David fühlte sich von dieser Frage überrumpelt, spielte das Geschlecht für sein Vorhaben doch nicht die geringste Rolle. Dennoch musste er sich entscheiden, schließlich wollte er kein Aufsehen erregen. »Weiblich.«

Ein langsames, geradezu verständnisvolles Nicken und eine Eingabe in den Computer später fragte Sandy: »Welche Rasse bevorzugen Sie?«

Äußerlich gelang es David, Ruhe zu wahren, auch wenn es in ihm allmählich gärte. Mit all der Politur ihrer Worte durch die PR hatten es Firmen wie *Anthrotec* fertiggebracht, den Rassebegriff wieder salonfähig zu machen. »Das ist mir egal.«

Sandy hob erstaunt die präzise gezupften Augenbrauen. Das bekam sie bestimmt nicht oft zu hören. Vermutlich vertraute man ihr sonst eindeutig-zweideutige Wünsche an wie: Eine flauschige, kuschelige Fuchsfrau wäre schön. Sie wissen sicherlich, was ich damit sagen will.

»Ich kaufe die, die mir am besten für meine … Bedürfnisse geeignet scheint«, fügte David rasch hinzu und Sandys Augenbrauen sanken wieder auf normale Höhe zurück.

»Aber selbstverständlich, Mister Blake. Das ist eine Investition fürs Leben und da wollen Sie sich nicht vorschnell festlegen. Sie möchten also die gesamte Palette sehen?«

»Ja, deswegen bin ich hier.«

Sie nickte verständig und betätigte ein Feld auf dem Computer. Ein holographisches, menschengroßes Abbild einer Morph erschien neben David in der Luft: Eine zierliche Gepardenfrau, die aufrecht stehend die Hände vor dem Bauch verschränkt hielt und demütig den Kopf senkte.

»Hier sehen Sie das Basismodell der Reihe *Gepard*«, begann Sandy. Er verwettete sein restliches Vermögen darauf, dass ihr samtiger, dezent betörender Tonfall das Ergebnis einer kostspieligen Ausbildung darstellte. »Wir bieten abweichend vom Grundmodell diverse Modifikationen an …«

David konnte einen traurigen Seufzer nicht unterdrücken, tarnte ihn rasch mit einer ungehaltenen Miene und schüttelte den Kopf. »Ich sagte, ich will sie sehen – keine Hologramme.«

Der lebhafte Ausdruck in ihren Augen ermattete unter den Wolken aus Misstrauen, die sich um ihre Stirn zusammenzogen. »Das ist ein ungewöhnlicher Wunsch, Mister Blake. Ich versichere ihnen, dass die Klone der einzelnen Modelle absolut identisch sind und mit den Projektionen übereinstimmen.«

Allzu genau stand fest, was Sandy durch den Kopf ging: Sie wollte nicht, dass irgendwelche Bilder nach außen drangen. Es stellte ein Risiko für das integre Image *Anthrotecs* dar, wenn jemand außerhalb der Firma hinter die Kulissen schaute.

»Was erwarten Sie?«, fragte David geduldig. »Dass ich eine Verschwiegenheitserklärung unterzeichne? Oder den Kaufbetrag im Voraus bezahle?«

Damit traf er ihren wunden Punkt, denn das kratzte an der heilen Welt, die *Anthrotec* propagierte: Es gab nichts zu verbergen.

Ein wenig ernüchtert schüttelte sie den Kopf. »Eine mündliche Zusage reicht. Der Computer zeichnet sie auf und sie ist somit rechtswirksam.«

Mit dem Enthusiasmus eines Polizisten, der seiner dreihundertsten Verhaftung ihre Rechte vorlas, sagte David seinen Text auf: »Ich, David Blake, versichere hiermit, mit niemandem über das zu sprechen, was ich innerhalb dieser Firma sehen werde, nicht darüber zu schreiben oder es auf andere Weise kundzutun.«

Sandys Lächeln flammte wieder auf, wenngleich ein wenig gekünstelter als zuvor, und sie erhob sich. »Wenn sie mir folgen würden, Mister Blake. Die … Aufenthaltsräume der Morphs sind im Nachbarkomplex untergebracht.«

David folgte ihr immer noch wie im Traum und fühlte sich dabei wie Alice, die in den Kaninchenbau hinabstieg.

Von den weißgefliesten Gängen des Aufenthaltskomplexes ging eine Kälte aus, die rein gar nichts mit der vorherrschenden Temperatur zu tun hatte. Die seelenlose, klinische Sauberkeit unter blaustichigem Licht konnte nicht darüber hinwegtäuschen, dass David die Flure des schlimmsten Gefängnisses hinabschritt, das er je gesehen hatte. Und für den *Ruf der Freiheit* hatte er ein halbes Dutzend besucht.

Dies lag nicht einmal an den winzigen Zellen, die hinter bruchsicheren Glaswänden kaum mehr Platz boten als für eine spartanische Liege, eine Toilette und ein Fleckchen Boden zum Stehen. Es waren vielmehr die Insassen, die ihn frösteln ließen. Die meisten Fuchsfrauen, an denen sie vorüberkamen, lagen teilnahmslos da und starrten stumpfsinnig die Decke an. Erst als sie Sandy und David bemerkten, erhoben sie sich. Ausnahmslos alle nahmen unverzüglich die identische Demutshaltung ein, die er bei dem Hologramm gesehen hatte. Und selbstverständlich enthielt *Anthrotec* seinen Schöpfungen Kleidung vor.

Sandy deutete seinen missbilligenden Blick richtig und spulte mit samtenem Timbre ihre PR-Sätze ab: »Sie erhalten jeden Tag Auslauf, Mister Blake.« Ihm drehte sich bei dem Wort »Auslauf« fast der Magen um. »Außerdem haben sie sieben Tage die Woche ihr Fitnessprogramm zu absolvieren und das Training ihrer Fähigkeiten. Wir wünschen nicht, dass ihre Muskeln und ihr Geist degenerieren.«

»Das würde ohne Zweifel den Verkaufswert mindern«, erwiderte David zynisch, doch sie nahm es mit einem Nicken hin.

»Sie sagen es.«

So schritten sie identische Zellen ab, die sich scheinbar endlos aneinanderreihten. Nur die Insassen unterschieden sich hin und wieder geringfügig. Zwar fanden sie im ersten Korridor ausschließlich weibliche Fuchs-Mensch-Hybriden mit rot-weißem Fell vor, doch in regelmäßigen Abständen änderten sich Details. Sandy las die Modifikationen mit bester Verkäuferstimme – dezent erotisch – von

Tafeln an der Wand ab. Körpergröße, Brustumfang, Felllänge …

Auf eine beklemmende Art und Weise glichen sie einander dennoch. Stets standen sie auf, blickten ihn mit unterwürfigen, irgendwie leeren Augen an und nahmen anschließend die Demutsstellung ein. Das alles füllte Davids Herz Tropfen für Tropfen derart mit Mitleid, dass es ihm zunehmend schwerer fiel, sein Pressegesicht aufrechtzuerhalten. Recht bald ertrug er es nicht mehr und sagte: »Genug von denen, ich will das nächste … Modell sehen.«

Sandy nickte beflissen und geleitete ihn zu einem Fahrstuhl, der sie eine Etage höher brachte. »Auf dieser Ebene finden Sie Leoparden-Morphs. Wir bieten sie nur in einer Felllänge, dafür aber mit unterschiedlichen Augenfarben an. Von devot blass bis feurig verführerisch ist alles dabei.«

David biss die Zähne zusammen. Wie würde es Sandy gefallen, wenn man sie in einer Zelle stehend anpreisen würde?

Und hier sehen sie das Modell Sandy. Wie Sie an ihren sanften, dunklen Augen sehen, ist sie sehr anschmiegsam und willig im Bett.

Er nickte tapfer und sagte: »Dann los.«

Wieder schritten sie den Korridor ab und fanden die gleichen Zellen vor, nur mit anderen Insassen – aufrecht stehende Leopardinnen mit schlankem Körperbau und markant schwarz-braun geflecktem, sandfarbenen Fell. Ein langer, flauschig anmutender Schwanz rundete das Bild ab. Und dennoch unterschieden sie sich von den Fuchsfrauen erschreckend wenig: Sie blickten ihn ausnahmslos aus leeren, *seelenlosen* Augen an.

Diesmal hielt David es nicht so lange aus. Um zu einem Ende zu kommen, sagte er gepresst ruhig: »Ja, das ist ungefähr das, was ich suche.« Er zwang sich, Sandy anzusehen, und brachte sogar ein Lächeln zustande. »Gibt es die auch … unkonditioniert?« Beinahe wäre ihm *ungebrochen* herausgerutscht.

Ihr Lächeln wurde breiter. Vermutlich witterte sie einen Vertragsabschluss. »Wir haben seit jeher einen kleinen, aber erlesenen Kundenkreis, der es vorzieht, seine Morphs selber zu … erziehen.« Zu Davids Abneigung gegen Sandy gesellte sich bei diesem so leichtfertig missbrauchten Wort ein Schuss Abscheu. Sie sprach hier gut gelaunt davon, dass intelligente Wesen solange einem Unterwerfungstraining unterzogen wurden, bis sie ihren eigenen Willen verloren. Als gutbezahlte Mittäterin *Anthrotecs* nannte sie es freilich »erziehen«.

»Und zu dem gehöre ich«, bediente er ihre Erwartungen. Nur würde er einen Teufel tun, ihr auf die Nase zu binden, was er unter Erziehung verstand.

Sandys Lächeln wuchs in die Breite. »Das ist aber äußerst kostspielig, Mister Blake. Unkonditionierte Morphs sind sehr schwer zu halten. Nicht wenige begehen Selbstmord.« Das sagte sie derart aalglatt und in einem unbekümmerten Tonfall, dass er einen Augenblick sprachlos stehen blieb.

Zum Glück missverstand sie sein Schweigen. »Keine Sorge, Mister Blake. Bisher ist kein Morph bei unseren Kunden gestorben. Es liegt wohl an der Umgebung hier.«

Ein Zorn flammte in David auf wie das Schwert in den Händen eines Paladins – bereit sengende Gerechtigkeit zu vollstrecken. Nur mühsam hielt er seine Hände davon ab, sich zu Fäusten zu ballen. Bis eben hatte er noch nicht gewusst, wie tief seine Meinung über einen Menschen tatsächlich sinken konnte. »Ich will sie sehen«, sagte er gepresst – sie hielt es vermutlich für Erregung. »Sie wissen, dass ich ein reicher Mann bin.«

Sandy nickte zufrieden und führte ihn den Korridor entlang, vorbei an fügsamen Marionetten. Dann kamen ein paar leere Räume und schließlich – ganz am Ende – Zellen die doppelt so viel Fläche boten wie die üblichen. In ihnen lagen oder standen Leopardinnen, die sich im ersten Augenblick nicht von den anderen unterschieden.

»Ich entschuldige mich für die geringe Auswahl, aber wie ich bereits sagte …«

»Halten Sie den Mund, Sandy!«, stoppte David geradezu genüsslich ihren Redefluss. Ging er damit das Risiko ein, alles zu vermasseln? Wohl kaum – die Provision, die sie in Aussicht hatte, würde sie noch größere Kröten schlucken lassen. Und tatsächlich: Da er Kunde und somit König war, tat sie, wie ihr geheißen.

Er trat auf die nächstbeste Zelle zu und betrachtete die in der Ecke kauernde Leopardin. Sie duckte sich vor ihm weg und versuchte, ihr Gesicht an der Wand zu verbergen. Traurig ging er weiter. Er suchte etwas anderes. Die nächste Gefangene lag auf dem Bett und kratzte mit ihren Krallen irgendwelche sinnlosen Muster in eine der Kacheln. Sie wirkte nicht demütig wie die willenlosen Hüllen weiter vorn im Korridor, sondern eher … müde – müde vom Leben. David hatte so ein Gefühl, dass diese hier bald zu der Liste der Toten gehören würde. Etwas zuckte in ihm, ihr das Leben zu retten – lag es doch in seinen Händen. Er musste *sie* nur kaufen. Doch damit würde er alles ruinieren. Diese Leopardenfrau hatte das Kämpfen verlernt. Aufgewühlter als je zuvor wandte er sich ab.

Die dritte Morph stand aufrecht mitten in der Zelle und sah Sandy und David abschätzig aus ihren smaragdgrünen Augen an. Sie strahlte jene ruhige Kraft aus, die vierbeinigen Raubkatzen in der Savanne innewohnte, die sich geduckt und zum Sprung bereit ihrer Beute nährten. »Hallo, Miss Randell«, begrüßte sie Sandy mit einigem Spott in der Stimme. »Was führt Sie her? Wollen Sie sich ein wenig Elend ansehen, um sich mit ihrer erbärmlichen Existenz besser zu fühlen?«

Sandy ignorierte die Leopardin nicht nur völlig, sondern sagte zu David voller Stolz: »Sie sehen, dass ihr Verhalten vollkommen widerborstig ist. Ohne Frage eine Herausforderung.« Sie senkte vertrauensvoll die Stimme und raunte lasziv: »Aber das ist doch, was Sie suchen, nicht wahr?«

Er nickte mehr als zufrieden, wenn ihn auch andere Gründe trieben, als sie erahnen konnte. Die Leopardenfrau vor ihm hatte sich jede Menge Kraft für Widerstand bewahrt. Zudem besaß sie einen wachen Verstand! Das sah David in ihren Augen. Genau das brauchte er. Aber gewiss nicht, um ihn zu brechen.

»Ich kaufe sie«, sagte er und hätte am liebsten gleich seinen Mund ausgespült. Diese Worte fühlten sich einfach falsch auf seiner Zunge an.

»Oh! Ich bekomme ein neues Herrchen«, erwiderte die Sklavin mit höhnischem Tonfall. »Wie schade. Dann habe ich keine Gelegenheit mehr, Miss Randell zu beißen. Tut's noch weh, Schätzchen?«

Sandy sah die Leopardin kühl an, ließ ihre rechte Hand zu einem schlichten Armband gleiten und berührte es. Die Leopardin stieß einen Schmerzensschrei aus und sackte auf die Knie.

Ohne einen klaren Gedanken riss er Sandys Hand zurück. »Wie können Sie es wagen …«, drang sein Entsetzen nach außen, bevor er wieder zu seiner Rolle fand. »Ich habe sie eben gekauft!«

»Seien Sie unbesorgt, Mister Blake«, entgegnete dieses gefühllose Ungeheuer empörend gelassen. »Unsere Kontrollmethode hinterlässt keine Schäden an der Ware. Wenn Sie nun mitkommen würden, dann klären wir die Transaktion, während Ihre Morph angekleidet und für den Transport bereitgestellt wird.«

David sah noch einmal besorgt zu der Leopardin, die sich zähnefletschend aufrappelte. Eines stand fest: Da selbst solche Grausamkeiten ihren Kampfeswillen nicht brechen konnten, hatte er sich für die richtige Morph entschieden. Zufrieden wandte sich David ab, um Sandy – Nein! Miss Randell – zu folgen.

Anthrotec lieferte die »Ware« in einem schwarzen, unmarkierten Kleintransporter, der sich derart verzweifelt um Unauffälligkeit bemühte, dass er unweigerlich Blicke auf sich zog.

Na toll. Die eine Hälfte der Nachbarschaft wird denken, ich habe mit der Mafia zu tun und die andere wird die

Lieferwagen von Anthrotec nur zu gut kennen, dachte David zynisch. Dankbar für die hohen Hecken, die sein weiträumiges Anwesen umgaben, trat er aus dem Haus. Unter keinen Umständen wollte er mit jenen Heuchlern in einen Topf geworfen werden, die sich einen Tiermenschen als Sklaven hielten. Noch weniger konnte er ein Pressefoto gebrauchen, das um die Welt ging und seinen Ruf ruinierte.

Miss Randell stieg auf der Beifahrerseite aus, galant vom Lächeln bis zum Aufsetzen ihres Fußes, und trat auf David zu. »Ich möchte Ihnen nochmals zu Ihrer geschmackvollen Entscheidung gratulieren, Mister Blake. Sie werden das Geld, das sie investiert haben, jetzt in Fleisch und Blut genießen können. Von welcher anderen Geldanlage kann man das schon behaupten?«

Er winkte ab. Nun, da der Kaufvertrag wasserdicht und alles Misstrauen Miss Randells vergebens war, wollte er diese widerliche Person so rasch wie möglich loswerden. »Gibt es noch Formalitäten, oder weshalb sind Sie hier?«

Die Sklavenhändlerin zeigte sich von seiner Unfreundlichkeit in keiner Weise irritiert. Warum sollte sie auch? Sie hatte heute einen Millionenvertrag abgeschlossen, der sie ihrem eigenen, ganz persönlichen Sklaven wieder ein Stückchen näher gebracht habe dürfte. Für sie blieb David nur ein weiterer exzentrischer Kunde. »Keineswegs, Mister Blake. Selbst, wenn ich Ihnen nur einen Schäferhund verkauft hätte, gäbe es mehr Formalitäten als beim Kauf eines Morphs.« Sie zuckte geringschätzig mit den Schultern. Er wusste nur allzu gut, dass für diese Wesen weder die Menschenrechte galten, noch der Tierschutz griff. »Ich möchte Ihnen nur persönlich das hier überreichen.«

Sie holte aus einer schicken kleinen Armani-Handtasche ein obsidianschwarz glänzendes Armband hervor, das dem an ihrem Handgelenk sehr ähnlich sah. »Das ist das Gegenstück zu jenem Implantat, das in Ihrer Ware eingepflanzt ist. Mit einer Berührung dieses Sensors hier erzeugen sie bei ihr Schmerzen, die keine körperlichen Schäden verursachen. Je stärker sie drücken …«

David griff sich das Armband und streifte es über, damit sie endlich Ruhe gab und verschwand. »Ich kann es mir lebhaft vorstellen. Lassen sie die Morph einfach aus dem Wagen raus und dann …« Er deutete auf die Ausfahrt.

Miss Randell nickte wieder verständnisvoll. Für sie war er wohl nur ein weiterer Kunde, der es nicht abwarten konnte, seine Machtspiele zu beginnen. Sie klopfte an die Doppeltür hinten am Lieferfahrzeug und mit einem Klicken gefolgt von hydraulischem Surren schwang diese auf.

Die Leopardenfrau stand zum Sprung geduckt bereit, doch schien jeglicher Kampfgeist wie weggefegt: Stattdessen starrte sie nur ungläubig nach draußen. Langsam entspannte sich ihre Körperhaltung und sie sprang mit der Geschmeidigkeit ihrer Raubkatzenbeine hinab, wobei die Schnauze vor Staunen leicht offen stand. Geradezu verliebt sah sie in den blauen Aprilhimmel hinauf. Ihr Blick schweifte über all das Grün und den vielen Platz, den es hier gab. Als eine Meise an ihr vorbeihuschte, lachte sie entzückt auf.

Die Wärme, die sich in Davids Herz über ihre Freude breitmachte, wurde von einer traurigen Erkenntnis überschattet: Die Leopardin hatte noch nie den freien Himmel gesehen.

»Und jetzt sehen Sie zu, dass Sie Land gewinnen«, knurrte er Miss Randell mit aller angestauten Abscheu an.

Mit einer Gleichmütigkeit, die ihn die Faust ballen ließ, überreichte sie David noch einen Informationsflyer über den Service zum Produkt Morph. Ohne sichtliche Eile stieg sie in den Lieferwagen und verschwand endlich.

Ungelesen stopfte er den Flyer in eine Gesäßtasche und musterte die Leopardenfrau, die immer noch geradezu kindlich staunend zum Himmel aufblickte. Kleine weiße Wölkchen wie aus dem Katalog eines Reiseanbieters zogen dahin.

David wollte ihr diese ersten Augenblicke in der Freiheit nicht verderben. Kurzerhand machte er es sich auf dem Rasen gemütlich und beobachtete sie. Nachdem sie sich wer weiß wie lange sattgesehen hatte, sagte sie leise zu sich selbst: »Ich hatte keine Ahnung, wie schön der Himmel ist.«

Eine simple Feststellung, in der so viel Staunen lag, dass er seinerseits ein wenig schwärmerisch wurde. »Du wirst ihn nie wieder entbehren müssen.«

Die Leopardin zuckte zusammen und blickte gehetzt zu David. Offenbar hatte sie ihn ganz vergessen. »Erwarte nicht, dass ich dir dafür dankbar bin!«, knurrte sie geradezu angsteinflößend. »Du hast den Himmel nicht gemacht.«

Dass er daraufhin fröhlich lächelte, irritierte sie sichtlich. »Nein, ich habe ihn nicht geschaffen. Er gehört allen Lebewesen und darum darf kein Mensch ihn dir je wieder wegnehmen.« Sie war rebellisch und klug – einfach wunderbar.

Misstrauisch musterte sie ihn und ihr Körper spannte sich, als wäre sie zum Sprung bereit. »Und was ist mit den anderen Dingen, die ich in der virtuellen Realität gesehen habe? Wälder, Berge und Seen? Die hast du auch nicht gemacht.«

Das Herz wurde ihm schwer, denn er wusste, was nun folgen würde. »Nein, habe ich nicht.«

»Also darf ich fort und sie mir ansehen?« Ihr Blick sprang unweigerlich zu Davids Handgelenk, an dem er das Bestrafungsarmband trug.

Nichts lag ihm ferner, als es zu benutzen, doch seine Antwort erschien ihm genauso schlimm. »Das geht leider nicht.«

»Warum nicht?«, fragte sie und zuckte zusammen, als David seine Hand hob, um sich am Kopf zu kratzen.

Wie sollte er ihr das erklären? Diese Welt war ein grausamer Ort für jene, die ein Fell trugen. Es gab viele Menschen, die es brauchten, auf jemanden herabzuschauen. Oder solche, die, nur weil sie es durften, Jagd auf einen »Freilaufenden« machten. Die Menschheit war noch nicht bereit für Gleichberechtigung. Selbst die Morphs waren noch nicht bereit dafür.

Seit Jahren verfolgte David einen Weg, das zu ändern und die streitlustige Leopardenfrau vor ihm konnte eben jener Weg sein. Doch konnte er ihr das sagen? Durfte er ihr schon aufbürden, welche Bedeutung sie für ihr Volk haben würde? Jetzt, da sie nur ahnen konnte, wie die Welt funktionierte? Wohl kaum.

»Nun?«, bohrte sie nach, schien aber nicht mehr mit einer Antwort zu rechnen.

»Du würdest vermutlich verhungern«, antwortete er. »Oder jemand würde dich erschießen, weil er denkt, du bist auf der Flucht.«

Die Leopardenfrau verzog das Gesicht, als hätte sie in eine Zitrone gebissen. »Ich erinnere mich an Regel Nummer drei: ›Dein Meister gibt dir Obdach und Nahrung. Du bist ihm zu Dank verpflichtet.‹« Sie klang verständlicherweise alles andere als dankbar. »Oder gilt hier Regel Nummer acht? ›Dein Meister beschützt dich vor anderen Menschen. Du bist ihm zu Dank verpflichtet.‹« Sie wollte gerade ausspucken, als eine Amsel unweit in der Hecke landete und ihr stattdessen ein Glucksen entlockte.

Es wird nicht leicht, ihr Vertrauen zu gewinnen, dachte David. »Vergiss diese dummen Regeln. Sie sind entwürdigend.«

»Das dort ist entwürdigend«, verbesserte sie ihn und deutete auf das Armband. »Willkür macht Angst. Und das ist schlimmer als die Schmerzen.«

Ihr Blick wurde hart und sie duckte sich, als er nach seinem Handgelenk griff. Bereits nach so kurzer Zeit konnte David das Ding auf der Haut nicht mehr ertragen, zog es ab und legte das Armband neben sich ins Gras. Eine kleine Geste, die wirkte. Die Leopardin entspannte sich ein wenig. Unter keinen Umständen durfte er sie verlieren. Wenn sie floh oder da draußen getötet wurde, war alles aus. Dieses Armband bot die Garantie, dass sie nicht fortlief. Dennoch blieb es ein Folterinstrument.

»Wie heißt du?«, fragte er sie.

»Man hat mich schon so manches genannt. ›He, du!‹ oder ›Na, Katzenvieh?‹, auch ›Geiles Stück‹ war mal dabei.«

Unwirsch schob David den Rest mit der Hand beiseite. Es beschämte ihn, auch wenn die Leopardenfrau all diese Worte mit Spott zitierte. »Welchen Namen möchtest du tragen?«

Ein kurzes Aufblitzen von Freude wurde rasch von Misstrauen überschattet. »Morphs haben keinen Namen. Wieso sollte ich mir einen aussuchen?«

»Ich finde ›Katzenvieh‹ nicht sehr ansprechend«, entgegnete er schmunzelnd.

Ihre smaragdenen Augen spiegelten ein undeutbares Gefühlswirrwarr. Eines dieser Gefühle konnte David klar herauslesen: Angst. Aber wovor fürchtete sie sich, fragte er doch nur nach einem Namen?

»Minnie Maus«, sagte sie schließlich abschätzend.

Ungläubig starrte er sie an. »Bitte?«

»Minnie Maus«, wiederholte sie mit Nachdruck. Erneut huschte ihr Blick zu dem Armband. Sie gab sich kämpferisch, doch wurde eines deutlich: Die Frage, welchen Namen sie tragen wollte, besaß eine große Bedeutung für die Leopardenfrau und sie versuchte nur, einer ehrlichen Erwiderung zu entkommen.

Seufzend musterte David das Bestrafungsarmband. Es schien für alle Probleme, die bereits in den ersten fünf Minuten aufgekommen waren, nur eine Lösung zu geben.

»Gut, verschieben wir deine Antwort auf ein anderes Mal, Minnie.« Er sah ihr fest in die Augen. »Ich werde gern später mit dir in die Berge fahren oder dir das Meer zeigen, aber jetzt geht das noch nicht. Das erfordert Vertrauen.« Sie wollte mit spöttischer Miene etwas sagen, doch er fuhr einfach fort: »Woher soll es auch kommen? Du bist bisher immer schlecht behandelt worden – von Menschen wie mir.«

Er schwieg eine Weile und dachte nach. Die Leopardin belauerte ihn neugierig und feindselig zugleich. David deutete durch die Hecke. »Du weißt, dass du da draußen jederzeit erschossen werden kannst? Und du bist darüber im Bilde, dass die Polizei ebenfalls diese Schmerz-Kontroller hat?«

»Das ist mir oft genug eingebläut worden«, knurrte die Leopardenfrau. »Wie könnte ich das vergessen?«

Er nickte. »Gut. Ich habe also nur eine Bitte.« Bei diesem Wort stutzte sie. »Lauf nicht weg, solange ich dir kein Unrecht tue.« Damit warf er ihr das Schmerzarmband zu.

Sie fing es geschickt auf und starrte es lange Zeit ungläubig an. Dann verbarg sie es behutsam unter dem Hemd. Misstrauischer als je zuvor musterte sie David von Kopf bis Fuß. Ihr Schwanz pendelte angespannt hin und her, während ihre Blicke mal zur Ausfahrt, mal die Hecken entlang huschten.

Machte sie sich gerade bereit zu fliehen? David wurde zuerst heiß und schlagartig eiskalt. Hatte er gerade alles ruiniert, indem er es auf eine episch großmütige, aber viel zu riskante Karte gesetzt hatte? Schließlich wurde er sich bewusst, dass er nicht weniger unter Spannung stand als die Leopardenfrau. Mühsam nahm er einen tiefen Atemzug und stopfte demonstrativ seine Hände in die Hosentaschen.

Ein letzter Blick zur Ausfahrt und dann … hielt ihr Schwanz inne. Sie musterte sein Gesicht, ergründete unsicher dreinschauend seine Augen und schnupperte sogar mehr oder weniger unauffällig in seine Richtung. Mit eingezogenem Kopf, als erwarte sie immer noch einen Schlag, sagte sie leise: »Ashari.« Sie lächelte zaghaft. »Diesen Namen finde ich schön.«

Erleichtert ließ David den angestauten Atem entweichen und sog ihn wieder ein. Die würzige Aprilluft, die in seine Lungen strömte, erfüllte ihn mit neuer Zuversicht und wie von allein erwiderte er ihr Lächeln.

Ashari zieht ein

All die Schattierungen des Grüns in seinem Garten und der endlos weite Himmel zogen Ashari derart in den Bann, dass sie David keines Blickes würdigte. Mit aufgerichteten Ohren lauschte sie dem wandelbaren Rauschen des Windes und erschnupperte sichtlich begierig die Gerüche aller Dinge. Selbst sein Haus, das zwar geräumig, für einen Millionär jedoch bescheiden wirkte, beäugte sie mit einem verzückten Lächeln. Für die vollends verglaste Front des ebenerdigen Wohnzimmers hatte sie nur ein ungläubiges Kopfschütteln übrig. Doch wie entzückt sie das Haus und den Garten voll wildem Gras und urtümlichen Büschen auch mustern mochte: Sie hielt stets einen sicheren Abstand zu David.

Vertrauen … selbst seinem Herz fiel es schwer, welches zu fassen. Doch irgendwann gab er sich einen Ruck und ging ins Haus. Zunächst ertappte er sich dabei, wie er im Zehn-Sekunden-Takt aus einem der Fenster blickte und in Panik verfiel, wenn er Ashari nicht entdecken konnte. Mit der Zeit begriff er, dass sie im Augenblick keinen Grund hatte, fortzulaufen. Das bescheidene Reich seines weitläufigen Gartens bot mehr Freiheit und barg mehr Welt in sich, als sie bei *Anthrotec* jemals gehabt hatte. Das entspannte ihn ein wenig und er hielt nach einer sinnvollen Aufgabe Ausschau, um sich abzulenken.

Lange musste er nicht suchen. Durch die Augen eines ewigen Junggesellen betrachtet, wäre alles so, wie es sein sollte. Bücher, aus denen vereinzelt mehrere Lesezeichen ragten, verteilten sich im ganzen Wohnzimmer. Er liebte es, Geschriebenes um sich und jederzeit greifbar zu haben. Herumstehende Tassen ließen den Raum belebter wirken. Auch dass in den Regalen eine länger angesammelte Staubschicht lag, verbuchte er unter Gemütlichkeit – solche Dinge hatten ihn nie gestört.

Doch das Haus kam ihm nun verändert vor. Ashari würde auf geraume Zeit sein Gast und er kein Einsiedler mehr sein. Jetzt fragte er sich, wieso um Gotteswillen er nicht bereits gestern für Ordnung gesorgt hatte. Da er kein Personal duldete, musste er nun selbst anpacken. Irgendwie gefiel ihm der Gedanke sogar, alles für sie herzurichten. Schließlich sollte sie sich wohlfühlen.

Erst als es zu dämmern begann, wurde ihm bewusst, dass Ashari vor der Terrassenfront stand und es nicht wagte, durch die offene Tür zu treten. Dabei wirkte der Kontrast aus Angst und Neugier, mit der sie ins Innere spähte, beinahe ulkig.

»Klopf ruhig mal gegen die Scheibe«, schlug er ihr vor, doch musste es ihr wie ein Befehl vorgekommen sein, denn sie tat demonstrativ zuerst nichts, bis sie beiläufig mit einer Kralle an ihrem Fuß an das Glas tippte.

»Ist etwas anderes als in deiner Zelle, oder?«, fragte David mit einer Stimme, von der er hoffte, dass sie aufmunternd klang. »Denkst du, du könntest es zerbrechen, falls ich dich einschließe?«

Betont missmutig sah sie ihn an. »Es gefällt mir hier draußen. Man hat mich lange genug in ein Haus eingesperrt.«

»Wie du willst«, meinte er schulterzuckend und machte sich daran, den Wohnzimmertisch für das Abendbrot herzurichten. Es fühlte sich seltsam an, für zwei zu decken. Wie musste es erst Ashari gehen, die durch die Scheibe beobachtete, was er da tat?

Nachdem Teller und Speisen ihren Platz gefunden hatten und dreimal neu arrangiert worden waren, rief er vernehmlich: »Das Abendessen ist fertig! Setz dich dazu, wenn du willst.«

Sie schützte vor, ihn nicht zu hören.

Gleichgültig begann David zu essen und gab sich alle Mühe, keine übertriebenen Wohllaute von sich zu geben. Obwohl ihr der Magen knurren musste, setzte sie sich lieber draußen auf die Terrasse und schaute zum Himmel hinauf. Er folgte ihrem Blick und sah dabei zu, wie er von Blau in Schwarz versank und Lichter anzündete. Ob sie sich aus Angst vor David oder aus Staunen über das wunderbare Schauspiel fernhielt, vermochte er nicht zu sagen.

Erst als er längst mit Essen fertig war und es sich mit einem Roman auf der Couch gemütlich gemacht hatte, setzte Ashari sich an den Tisch. Sie schnupperte skeptisch, bekam große Augen und fiel dann mit Heißhunger über Brötchen mit Schinken, gekochte Eier und Räucherfisch her.

David verbarg sein Lächeln hinter dem Buch. Es tat gut, kleine Momente des Glücks im Gesicht der Leopardin zu sehen. Doch zugleich beschämte es ihn durch seine ganze Art, sodass er sich wie ein Blender vorkam. *Speise für die Armen, pah!* Die Menschen hatten die Morphs erst in dieses Elend gestürzt.

Und dennoch: Trotz allen politischen Ballasts, den er mit sich herumschleppte, rührte es ihn an, dass er bereits jetzt im Kleinen helfen konnte. Besonders musste er darüber schmunzeln, wenn Ashari jedes Mal mit einem diebischen Grinsen zum bauchigen Glaskrug mit Milch griff und direkt daraus trank. Tatsächlich leerte sie ihn bis auf den letzten Tropfen.

Als alle vier Brötchen den Weg in ihren Magen gefunden hatten – er fragte sich, wo die schlanke Leopardenfrau das alles hinsteckte – wurde sie unruhig und warf Seitenblicke in Richtung David. Der las inzwischen zum zehnten Mal die Zeile, in der Madame Chauchat die Glastür im Speisesaal des Sanatoriums zuschlug. Offenbar konnte sich Ashari nicht entscheiden, ob es angebracht war, aus Dankbarkeit den Tisch abzuräumen oder aus Protest alles stehenzulassen.

Als sie ihn beim Spähen ertappte, entschied sie sich für Letzteres und fragte betont desinteressiert: »Und nun?«

»Zeige ich dir das Haus«, sagte er, klappte das ohnehin viel zu dicke Buch zu und stand auf. »Das Wohnzimmer.« Mit einer dramatischen Geste, die eines Bühnenzauberers würdig war, präsentierte er den Raum, als hätte er sich eben aus dem Nichts materialisiert. Ashari blickte ihn entgeistert an. Räuspernd ging er in Richtung Küche, die nur mit einer halben Wand vom Wohnbereich abgetrennt wurde. Im Eiltempo und gut gelaunt zeigte er die wichtigsten Attraktionen: »Brot, Softdrinks sowie Gabeln und Messer – bitte nur für Lebensmittel verwenden – und zu guter Letzt der Kühlschrank mit Butter, Käse, Wurst und natürlich: Milch. Nimm dir, was und so viel du willst, das Gerät bestellt es nach.«

Ashari blickte jetzt mehr irritiert denn informiert drein. »Die Messer nur für Lebensmittel verwenden?«

»Nicht gegen Menschen, die mir nahestehen«, erklärte David. »Und ich selbst stehe mir sehr nahe.«

Jetzt hielt sie ihn offenbar endgültig für dem Wahn anheimgefallen. Einmal mehr erinnerte die Realität ihn daran, weshalb Kritiker seinen Sinn für Humor nicht für das Rückgrat seiner Bücher hielten.

Erneut räusperte er sich. »Tut mir leid, ich habe gute Laune. Da rede ich immer wirres Zeug. Gefährlich wird es erst, wenn ich kluge Sachen sage.«

Ashari nickte bedachtsam wie jemand, der versuchte einen Wahnsinnigen nicht weiter zu provozieren.

David tat es mit einem Schulterzucken ab und setzte den Rundgang fort. Als er bei dem Zimmer im ersten Stock angekommen war, das er ihr zugedacht hatte, wurde Ashari wieder argwöhnisch, doch als die Tür aufschwang und den Blick auf den großzügigen Raum freigab, verpuffte ihr Zweifel in Staunen.

»Das ist allein für mich?« Ungläubig eilte sie im Zimmer umher, befühlte das Bett, blieb kurz erstarrt vor dem Spiegel stehen und ließ die Augen dann über Tapete, Möbel und Tür wandern. »Der Schlüssel steckt auf der Innenseite«, stellte sie lauernd fest, als müsste ein Fehler vorliegen.

»Es ist dein Zimmer«, wiederholte David. »Du kannst es abschließen, wann immer …« Die Tür knallte vor seiner Nase zu und das Schloss klackte. »… du willst.«

Verübeln konnte er es ihr nicht. Wie oft mochte sie von dieser simplen Freiheit geträumt haben, ungestört zu sein, wenn sie es wollte? Schmunzelnd ging er schlafen.

Asharis Tür blieb geschlossen und auch im Badezimmer sah es am nächsten Morgen aus, als hätte sie es nie betreten. An Zahnbürste, Handtüchern und dem speziellen Morph-Shampoo klebten immer noch die Zettel mit ihrem Namen, die er extra für sie angebracht hatte.

Gelassen nahm David es hin und war sich sicher, dass der Duft von gebratenem Speck und frischem Brot sie aus dem Zimmer locken würde. Also bereitete er ein Frühstück nach allen Regeln der Kunst zu und genoss es regelrecht, einen Grund zu haben, nicht die Schnellvariante für Singles zu wählen – Erdnussbutter auf rohem Toast.

Tatsächlich musste er nicht lange allein essen, denn Ashari tauchte plötzlich gespenstisch leise hinter ihm auf. Sie schnupperte übertrieben und beäugte wählerisch, was auf dem Tisch zu finden war.

»Setz dich doch«, lud David sie ein und deutete auf den leeren Stuhl vor dem zweiten Teller. Unweigerlich verfinsterte sich ihr Gesicht, sodass er hastig hinzufügte: »Wenn du magst.«

Statt seiner Einladung zu folgen, wurde ihr Blick noch finsterer. »Warum bist du so freundlich?«

»Sollte ich es nicht sein?«, fragte er zwischen zwei Bissen und kaute weiter.

»Ich bin ein Morph.«

»Bist du der Meinung, dass man zu euch nicht freundlich zu sein braucht?«, hielt er dagegen und schob sich den Rest des Eier-Toasts in den Mund.

Diese Frage verwirrte sie offenbar mehr als sein wohlwollendes Verhalten. Er konnte geradezu sehen, wie sich eingerostete Zahnräder hinter ihrer Knitterfaltenstirn zu drehen anfingen, als sie über eine einfache Frage nachdachte, die sie sich wohl noch nie gestellt hatte.

»Doch«, sagte sie schließlich und klang so unsicher wie gestern, als sie verlangt hatte, dass er sie frei ließ.

David zeigte sein blendendstes Presselächeln. »Na also.«

Völlig aus dem Konzept gebracht, setzte sie sich. Bevor sie über das Essen herfiel, huschte ihr Blick zu seinem Handgelenk, gefolgt von einem kaum sichtbaren Kopfschütteln. Ganz nach seinem Vorbild tat sie sich gebratenen Speck auf den Toast. Als sie hineinbiss, erstarrte sie kurz und ein Ausdruck schieren Entzückens machte sich in ihrem Raubtiergesicht breit. Fasziniert stellte David fest, dass sie die Schnurrhaare anlegte, wenn sie lächelte.

Aus ihrem gesegneten Appetit, den sie an den Tag legte, konnte er nur folgern, dass man bei *Anthrotec* für Tiermenschen nicht viel Wert auf gute Küche legte.

Amüsiert bemerkte er, dass sein eigener Hunger unter Asharis Anwesenheit litt. Es war viel zu spannend, ihr beim Essen zuzusehen. Durch sie schien er die Freuden der einfachsten Dinge neu zu entdecken.

»Also? Warum bist du so freundlich?«, fragte sie erneut, während sie damit beschäftigt war, wahre Berge von Speck und Ei auf ihr zweites Toast zu schaufeln. »Du hättest das Armband behalten und mir befehlen können.« Beherzt biss sie in ihren Eier-Speck-Berg und ließ ihn beim Kauen nicht aus den Augen.

»Du bist mein Gast«, erwiderte David schlicht.

»Ich bin nicht dein Gast«, entgegnete sie lauernd, als fürchtete sie einen Fallstrick. »Ich bin dein Eigentum.«

»Nein, bist du nicht.«

Da hörte sie auf zu essen. »Du hast für mich bezahlt, oder?«

»Ich habe eine Menge Geld ausgegeben, ja, aber …«

»Dann ist gut«, entgegnete sie leichtherzig und begann wieder unbeschwert zu kauen. »Wenn du mich bezahlt hast, muss ich nicht zurück zu *Anthrotec*.«

Mit einem schweren Seufzer musste David sich eingestehen, dass er Ashari kaum sagen konnte, dass sie frei war, denn das war sie nicht. Sie war seine Sklavin, so sehr ihn der Gedanke auch anwiderte. So lange nicht etwas Gewaltiges geschah, würde sich daran auch nichts ändern.

Er fing ihren misstrauischen Blick mit dem seinen ein und sagte: »Hör gut zu, Ashari: Das Gesetz sagt, dass du mein Eigentum bist. Aber es gibt vielleicht einen Unterschied zwischen dem, was *Anthrotec* oder das Gesetz sagen, und dem, was richtig ist.«

»Das verstehe ich nicht.«

»Dann merke es dir und denke später darüber nach. Es ist wichtig.«

In ihrer Miene spielte sich wieder der Kampf zwischen Rebellion und Akzeptanz ab, doch dieses Mal relativierte David nichts.

»Das ist ein seltsamer Befehl«, stellte sie schließlich fest.

»Ich habe nur diesen einen für dich«, entgegnete er ernst. »Ich möchte, dass du selbst entscheidest, welche Bitte du mir erfüllst und welche nicht.«

Als ob sie Angst hätte, er könne ihr etwas wegessen, ohne einmal von ihm wegzublicken, schlang sie ihren Toast zunächst vollständig hinunter, bevor sie sagte: »Das ist erst recht ein seltsamer Befehl.« Sie griff zu einer weiteren Scheibe. »Wo ist der Haken?«

»Es gibt tatsächlich einen.« David lächelte freundlich. »Zu sagen, was du nicht möchtest, ist nur die halbe Miete.«

»Miete?«

Er hob beschwichtigend die Hände. Es machte wenig Sinn, jetzt über die Eigenverantwortung des freien Willens zu sprechen. Das bot mehr Stoff für Komplikationen, als ihm lieb war. »Hab Geduld. Du wirst es irgendwann verstehen.«

Ashari musterte ihn mit durchdringlichstem Misstrauen. »Miete«, murmelte sie und schien tatsächlich zu fürchten, dass er Geld von ihr verlangen könnte. Dann zuckte ihre Nase, das leckere Essen kam ihr wieder in den Sinn und sie formte einen weiteren Berg.

Mehr aus Vernunft denn aus Appetit belegte sich David auch noch eine Scheibe und sie kauten einvernehmlich schweigend. Jedes Mal, wenn sich ihre Blicke trafen und beide so taten, als wäre es der pure Zufall, musste David schmunzeln. Freilich erst, als sie es nicht sah.

Da saßen sie – zwei Wesen, wie sie unterschiedlicher nicht sein konnten – und trauten sich nicht, einander anzusehen. Er, weil er nicht starren durfte und sie, vermutlich, weil sie eine Strafe fürchtete.

»Warum hast du eigentlich deine Sachen im Badezimmer nicht angerührt?«, wollte David irgendwann wissen.

»Welche Sachen?«, fragte sie und verzichtete ausnahmsweise auf Misstrauen und Aggressivität.

»Ich habe Zettel mit deinem Namen auf alles geklebt.«

»Ach, die Zettel.« Unbekümmert belegte sie ihren vierten Toast, während er passte und den Teller von sich schob. »Ich kann nicht lesen.«

Dass *Anthrotec* den Sklaven die grundlegendste Bildung verwehrte, wunderte ihn eigentlich nicht. Audio und VR-Lernumgebungen waren zur Konditionierung vollkommen ausreichend.

»Verstehe. Möchtest du es lernen?«, fragte er so beiläufig wie möglich.

Sofort verengten sich ihre Augen wieder voll Argwohn. Offenbar hatte sie die Anspannung in seiner Stimme gehört. Es hing einiges von ihrer Antwort ab. »Warum sollte ich?«

»Lesen ist der Schlüssel zu grenzenlosem Wissen. Und Wissen ist Macht.«

»Du sagst eine Menge seltsamer Sachen.« Obwohl sie schmollte, blieben ihre Ohren wachsam aufgerichtet. »Wieso Macht?«

»Weil du in Büchern alles findest, was je Bedeutsames gedacht oder gesagt wurde. Alles, was in der Geschichte der Menschheit geschehen ist, wurde niedergeschrieben. Und nur, wenn du weißt, was andere denken, sagen und tun, kannst du lernen, es ihnen gleichzutun – oder anders und besser zu machen. Ohne Bücher bist du allein, wofür auch immer du kämpfst. Mit ihnen jedoch ist die Anzahl deiner Mitstreiter unerschöpflich.«

Sie kicherte und machte die Dramatik seines feurigen Plädoyers für das Lesen vollkommen zunichte. »Miss Randell meinte, du verdienst Geld mit Büchern. Bist du deswegen so begeistert?«

Verdrießlich kratzte David sich am Kopf. »Nein, um meine Bücher geht es nicht. Ich schreibe nur Träumereien von fremden, schöneren Welten. Ich spreche von den Werken großer Denker aller Epochen.«

Asharis Schnurrhaare legten sich wieder an und ihre Ohren senkten sich dabei ein wenig. »Schönere Welten? Das klingt besser als kämpfen.« Sie schob den Teller mit einer exakten Kopie seiner Geste von sich. »Wie lernt man lesen?«

»Eins nach dem anderen«, sagte er und machte sich daran, den Tisch abzuräumen und den Geschirrspüler zu befüllen. Sie verfolgte seine Geschäftigkeit mit wachsamem Desinteresse. Auch wenn sie vorgab, sich nicht darum zu kümmern, was er tat, belauerte sie jede seiner Bewegungen. Vermutlich erwartete sie, dass er ihr befahl, mit anzupacken. Da er jedoch nichts in dieser Richtung unternahm, wirke sie umso misstrauischer, als er sie bat, ihm nach oben zu folgen.

David liebte es, Platz zum Schreiben zu haben. Benutzeroberflächen engten ihn ein, besonders wenn er sprudelnde Ideen aus der Quelle seiner Fantasie schöpfen und festhalten wollte. Aus diesem Grund hing ein gewaltiger Block Papier an einer Wand in seinem Schreibzimmer. Es galt inzwischen als Überbleibsel einer vergangenen Zeit, doch mochte er das Gefühl, physisch zu spüren, wie die Worte aus seiner Hand stofflich wurden.

Ehrfürchtig blickte sich Ashari um, als sie den Raum betrat. Zwei Wände wurden komplett von Regalen geschluckt, in denen sich unzählige Bücher dicht an dicht drängten. Die großzügigen Fenster gaben einen friedvollen

Blick auf den Garten frei – und leider auch über die Hecke auf das Grundstück der Nachbarn. Ein uralter Schreibtisch aus wurmlöchriger Eiche rundete das Bild ab.

»Hast du die alle selbst geschrieben?«, staunte Ashari und entlockte David damit ein Lächeln.

»Nein, wirklich nicht. Dazu bin ich weder brillant genug, noch reichen neunundreißig Lebensjahre dafür aus.«

Er bot ihr einen Sessel an, doch musste er feststellen, dass die durchgehende Rückenlehne für ihren Schwanz ungeeignet war. Noch ehe er etwas sagen konnte, huschte Ashari aus dem Zimmer und kehrte umgehend mit einem Küchenstuhl zurück. Sie stellte ihn mitten in den Raum, nahm darauf eine wachsame Haltung ein und spitzte im wahrsten Sinne des Wortes die Ohren.

Am Ende des Tages – Ashari gönnte ihm und sich kaum eine Pause – konnte sie bereits ihren Namen schreiben. Zwar wollte sie David immer noch nicht glauben, dass alle Konsonanten anders hießen, als man sie tatsächlich aussprach – »Ab heute heißt du De-a-vau-i-de!«, spöttelte sie – doch ansonsten machte sie große Fortschritte.

Ihr Wissenshunger verschlang unersättlich Neues und nach wenigen Tagen konnte sie das Alphabet in Groß- und in Kleinbuchstaben halbwegs passabel auseinanderhalten. Während David lehrte und sie an seinen Lippen hing, schienen alle Sorgen, die ihn quälten, und alle Ängste, die sie plagten, wie weggewischt.

Ashari half ihm konsequent weder beim Kochen, noch beim Tischdecken oder Abräumen und auch die Tür ihres Zimmers blieb jeden Abend abgeschlossen. Dennoch wurde sie während ihrer gemeinsamen Mahlzeiten von Tag zu Tag gesprächiger und freundlicher. Beinahe schien es, dass sie sich behutsam anfreundeten.

Diese Illusion platzte mit einem Knall. Eines Tages beugte er sich am Schreibtisch über sie, um ihr einen Fehler in der Handschrift zu zeigen. Dabei legte er, ohne darüber nachzudenken, eine Hand auf ihre Schulter.

Mit einem Fauchen sprang Ashari auf und hätte ihm beinahe das Gesicht zerkratzt, wenn er den Krallen nicht knapp ausgewichen wäre. Schwer atmend standen sie sich gegenüber und starrten sich an.

»He, Ashari!« David hob abwehrend die Hände und bemühte sich, ruhig zu bleiben. »Was ist in dich gefahren?«

Die aggressive Furcht in ihrem Gesicht war nicht zu übersehen. Sie musterte ihn von Kopf bis Fuß, bevor sie sich ein wenig entspannte. »Du hast Angst vor mir«, stellte sie lauernd fest.

Nervös lachte David auf. »Bei deinen Reißzähnen? Kein Wunder!«

Ein äußerst zufriedenes, vielleicht sogar selbstgefälliges Lächeln huschte über ihr Gesicht. »Warum hast du mir dann das Armband gegeben?«

»Weil es abscheulich ist!«, rief David verärgert. Ashari zuckte zusammen und wich einen Schritt zurück. All ihre neu gewonnene Selbstsicherheit zerstob im Sturm seines Zorns. Mühsam zwang er sich wieder zur Ruhe. »Niemand hat das Recht, dir weh zu tun.«

»Aber du bist mein Besitzer«, widersprach sie ihm, klang aber bereits wesentlich sanfter.

David sah sie fassungslos an, bis er begriff, was sie meinte. Ashari hatte Miss Randell nur derart gehasst, weil sie ihr Schmerzen zufügte. Das Recht, dass Menschen über Morphs herrschten, stellte sie jedoch nicht in Frage.

Nun, es war nicht an ihm, eine Lehre durch eine andere zu ersetzen. Das musste sie allein herausfinden – und für sich annehmen lernen. »Lass mich raten«, seufzte er. »Regel Nummer zwei?«

Ashari nickte, verzichtete jedoch dankenswerterweise darauf, die Regel zu zitieren.

»Ich möchte dir keine Schmerzen zufügen«, sagte er schlicht. »Fröhlich bist du mir lieber.«

Hierauf sah sie ihn lange und eindringlich an, bis er unter dem Vorwand, einem Bedürfnis zu folgen, eiligst den Raum verließ.

Am nächsten Morgen folgte David seinem üblichen Morgenritual, das beinhaltete, mit dösig verkniffenen Maulwurfsaugen ins Bad zu schlürfen. Gerade legte sich seine Hand auf die Klinke, da stieg ihm der Geruch von gebratenem Speck in die Nase und weckte seine Lebensgeister. Ein Blick zu Asharis Tür bestätigte ihm, dass die Leopardin heute vor ihm aufgestanden war.

Gut gelaunt huschte er in das Badezimmer und stieß auf die nächste Überraschung: Sie hatte endlich ihre Handtücher neben die seinen auf den Handtuchhalter gehängt, anstatt sie wie gewohnt mit ihrem gesamten Hab und Gut in ihrem Zimmer einzuschließen.

Zufrieden grinsend machte sich David fertig für den Tag. Unten im Wohnzimmer fand er schließlich einen gedeckten Tisch und eine gleichgültig dreinblickende Ashari vor.

»Na, das ist mal ein guter Morgen«, sagte er strahlend und setzte sich. Staunend stellte er fest, dass sie alles so hergerichtet hatte, wie er es immer tat. »Vielen Dank!«

»Ich hatte Hunger«, erwiderte die Leopardin schlicht und dennoch konnte David ihre Schnurrhaare zucken sehen, als sie ebenfalls Platz nahm.

Er tat sich auf und biss skeptisch in den Eier-Speck-Toast. Überrascht hielt er inne – es schmeckte anders als gewohnt – und schlang es dann begeistert hinunter. »Das ist köstlich! Du hast Kochen gelernt?«

»Wenn man die Wahl zwischen Zelle und den praktischen Übungen hat, fällt die Wahl nicht schwer«, antwortete sie unbeschwert. Offenbar freute sich Ashari derart über sein Lob, dass ihr diese dunkle Erinnerung nichts anhaben konnte.

Vollkommen begeistert und überschwänglich gut gelaunt bemerkte David zunächst gar nicht, dass sie ihr Essen nicht anrührte. Stattdessen beobachtete sie ihn nachdenklich.

»Du behandelst mich so … anders«, sagte sie unvermutet. »Nicht wie Miss Randell. Ist sie ein böser Mensch?«

Traurig lächelte er und legte die Gabel nieder. Die Unsicherheit und Unschuld in Asharis Stimme rührte ihn. Er verabscheute Sandy Randell, weil sie für ihn all das Unmoralische und Verwerfliche am Umgang mit den Morphs verkörperte. »Was denkst du?«

»Warum stellst du immer Gegenfragen?«, fragte sie ungehalten zurück.

»Weil es wichtig ist, dass du selbst entscheidest.«

»Du willst dich nur vor einer Antwort drücken.« Das Knurren in ihrer Stimme klang gefährlich. Ein Seitenblick zum Essen bedeutete wohl, dass sie bereits bereute, es gekocht zu haben.

»Nun?«, bohrte David ungeachtet dessen nach.

»Sie hat mich verspottet, wann immer sie Gelegenheit dazu hatte«, sagte sie leise. Anspannung vibrierte in ihren Worten. »Seit ich einem Käufer Kratzer ins Gesicht geschlagen habe, kam sie manchmal nur vorbei, um das Armband zu benutztcn.« Asharis Blick wurde immer finsterer. »Nie wusste ich, wann es mich treffen würde! Mitunter blieb sie vor meiner Zelle stehen, ohne etwas zu machen, andere Male konnte ich sie nicht einmal sehen, wenn sie den Knopf drückte!« Tränen der Wut krochen in ihre Augenwinkel. »Manchmal nachts! Kannst du dir vorstellen, wie es ist, sich vor dem Schlaf zu fürchten?!«

Asharis traurige, brennende Wut schnürte David die Kehle zu und er schüttelte nur benommen den Kopf.

»Ich bin bei jedem kleinsten Laut aufgewacht! Ich *hasse* Miss Randell!«, schrie sie die letzten Worte hinaus und schlug mit der Faust auf den Tisch. Porzellan splitterte und Ashari erstarrte mit schuldbewusstem Blick.

David schluckte schwer. »Und trotzdem fragst du mich, ob sie eine böse Frau ist?«

»Sie ist ein Mensch«, antwortete die Leopardin und sah dabei sehr müde aus.

»Du dachtest, sie hätte das Recht dazu?«, platzte es ungläubig aus ihm heraus. »Nach all diesen Grausamkeiten?«

Irritiert blickte Ashari auf den kaputten Teller hinab und schob die großen Scherben unsinnigerweise wieder zusammen. Dann sagte sie etwas derart leise, dass David sie nicht verstand. Verärgert pulte sie einen Splitter aus ihrer Hand und fügte ihn wie ein Puzzlestück in den Teller ein. Trotzig hob sie den Blick und sprach noch einmal lauter: »Ihr habt uns doch erschaffen.«

Entsetzt schloss David die Augen und rieb sich die Schläfen. Wäre es nicht um Asharis Willen gewesen, so hätte er in diesem Moment alles Menschengemachte aus Abscheu vom Tisch gefegt.

Er atmete tief durch, zwang seine Lider wieder auf und fühlte sich ein wenig besser. Dennoch zitterte seine Stimme, als er fragte: »Was sagt dir dein Herz?«

Asharis Unterkiefer begann zu zittern. Die Antwort drängte aus ihr heraus und doch traute sie sich nicht, sie auszusprechen. Ihre Fäuste ballten sich und mit einer schneidenden Eiseskälte spuckte sie es endlich aus: »Die Menschen bei *Anthrotec* sind nicht böse. Sie sind *Monster.*«

Lang aufgestauter Schmerz brach sich seine Bahn und nun rann eine andere Art von Tränen durch das Fell ihre Schnauze hinab. »Sie sind grausam einfallsreich für ihre Strafen. Für ihr sexuelles … Vergnügen haben sie nur die Folgsamen genommen, aber gedroht haben sie uns ständig damit.

Die Leopardin neben mir wurde einmal zwei Tage lang mit minütigen Schmerzimpulsen wachgehalten. Ich weiß nicht, warum sie es getan haben, aber für alle anderen war ihr andauerndes Flehen um Gnade schrecklicher als der stärkste Schmerzimpuls.«

Sie wagte es nicht, David anzusehen, sondern konzentrierte sich lieber darauf, nun auch die kleinen Splitter auf dem Tisch zu suchen und in das Tellerpuzzle einzufügen. »Das Schlimmste aber war, dass sie uns mit unserer Sehnsucht nach Freiheit quälten. Irgendwann war ich wegen eines Vergehens an mein Bett gefesselt, als sie Freiheitslotterie spielten. Wessen Tür aufging, durfte *Anthrotec* verlassen. An diesem Tag war es meine. Sie haben mich aufgefordert, herauszutreten, wenn ich frei sein wollte.« Asharis Kiefer mahlten. »Ich habe mich mit aller Kraft gegen die Fesseln gestemmt. Doch ich war zu schwach.« Zweifelnd fügte sie hinzu: »Ich habe ab und zu Morphs auf diese Weise ihre Freiheit erlangen sehen. Doch wenn ich es mir recht überlege, hatte man sie vermutlich nur verkauft.«

David schüttelte sanft den Kopf: »Es tut mir so leid, was sie dir angetan haben. Und es tut mir leid, dass ich dich mit meiner Frage derart gequält habe. Das wollte ich nicht.«

Ashari starrte weiter ihren Teller an. Selbstverständlich fehlten Stücke, die irgendwo auf dem Teppich oder sonst wo liegen mochten. Erst jetzt fiel ihm auf, dass rote Tropfen am weißen Porzellan klebten.

Er holte stumm ein Erste-Hilfe-Set und die Leopardin ließ ihn anstandslos die Wunde untersuchen. »Warum hast du mich dann gefragt?«, fragte sie leise und klang dabei sehr erschöpft.

»Weil ich dir niemals sagen werde, was du denken oder fühlen sollst.« Er desinfizierte die Verletzung, so gut es bei all dem Fell ging, und tat Wundkleber darauf. »Sonst wäre ich nicht besser als die von *Anthrotec*.«

Während sie die verarztete Stelle beäugte, nickte sie langsam. »Du willst, dass ich die Regeln von *Anthrotec* hinterfrage. Dass ich selbständiges Denken lerne. Warum?«

Der Gedanke, dass es ein Mensch gut mit ihr meinen könnte, schien ihr sehr befremdlich zu sein. »Weil man es dir weggenommen hat, Ashari. Ich glaube, dazu hatten sie nicht das Recht.«

Sie seufzte derart schwer, dass sie vor seinen Augen um zehn Jahre zu altern schien. Missmutig schob sie ihm die Schüsseln mit dem Speck und dem Spiegelei zu. »Ich habe keinen Hunger mehr.«

David ging es nicht anders.

Ein Schuss im Dunkeln

An diesem Tag fiel es Ashari wesentlich schwerer, sich auf das Lernen zu konzentrieren. David musste die Fragen häufiger wiederholen, da sie schlicht und einfach nicht zugehört hatte. Ständig wanderte ihr Blick nach draußen oder gänzlich ins Leere.

Als er einmal in dieselbe Richtung sah, starrten ihn über die Hecke hinweg zwei tellergroße Fernglasobjektive an. Sein Nachbar, Benjamin McAllister, hatte eine Vorliebe dafür entwickelt, seine Umgebung genauestens im Auge zu behalten, seit eine Krankheit ihn an den Rollstuhl gefesselt hatte.

»Möchtest du lieber ins Freie?«, fragte David. »Du schaust so sehnsüchtig.«

Verwundert schaute sie ihn an, musterte ihn kurz mit gewohnter Skepsis und lächelte dann strahlend. »Das ist eine wunderbare Idee! Lass uns draußen weitermachen.«

»Wir können auch morgen …«

»Kommt gar nicht in Frage!«, unterbrach ihn Ashari mitten im Satz, zog sofort vorsichtig den Kopf ein, um dann frech zu grinsen.

Da jegliche Strafe ausblieb, sprang die Leopardin auf, schnappte sich ihre Schreibsachen und verschwand bereits mit federnden Schritten die Treppe hinab, als David sich gerade erhoben hatte. Gelassen folgte er Ashari in den Garten und fand sie schließlich rücklings im Gras liegend. Der Schreibblock ruhte auf ihrem Bauch und sie blickte mit dem sonnigsten Lächeln, das er seit Tagen an ihr gesehen hatte, in den wölkchenbetupften Himmel.

»Warum verbringt ihr Menschen so viel Zeit in Häusern? Draußen ist es viel schöner!«

»Nun ja …« David machte es sich in einem unbedenklichen Abstand neben ihr gemütlich. Er wollte unter keinen Umständen, dass sie sich bedrängt fühlte. »Drinnen gibt es Strom, Globalnet, Heizung und all so was.«

»Hier draußen gibt es den Himmel, Vögel und Bäume«, hielt sie vergnügt dagegen und er merkte deutlich, wie ansteckend ihre Begeisterung wirkte.

»Ich habe ewig nicht mehr im Gras gelegen«, stellte er fest und schloss die Augen. Der Frühlingswind strich angenehm kühl über sein Gesicht, während die Sonne es mit warmen Strahlen liebkoste. Die Luft war durchwoben von unzähligen Düften, dem Brummen von Insekten und dem Gezwitscher allerlei Vögel. Mit einem sanften Schlag auf den Hinterkopf erinnerte ihn das Leben daran, was an ihm lebenswert war. »Eine Schande.«

»Ihr Menschen seid seltsam«, drang Asharis Stimme an sein Ohr. Als er zu ihr sah, blinzelte er gegen das Sonnenlicht an. »Ihr könntet den ganzen Tag so viel Schönes um euch haben und vergesst, dass ihr es habt. Und uns sperrt ihr ein, obwohl wir raus wollen.« Eine Amsel huschte vorbei und setzte sich auf die Spitze einer kleinen Fichte. »Wie nennt man diesen Vogel?«

David sagte es ihr, vom plötzlichen Themenwechsel überrascht. In mancherlei Hinsicht benahm sie sich wie ein Kind.

Sie nahm den Notizblock zur Hand, kritzelte hoch konzentriert darauf herum und hielt ihn David hin.

»Amsl«, stand dort. Er griff nach dem Block, schrieb »Amsel« mit einem Stift aus seiner Hosentasche daneben und gab ihn dann zurück.

Ashari blickte schmollend drein. »Wieso schreibt man ein E vor das L, wenn man das L sowieso wie ›el‹ ausspricht?«

Eine berechtigte Frage, die ihn zum Schmunzeln brachte. »Das ist nun einmal so. Vokale sind der Klebstoff zwischen den Konsonanten.«

»Warum musste ich die voll ausgesprochenen Buchstaben lernen, wenn man im gesprochenen Wort wieder …«

Wie aus einer anderen Welt kommend begann das Lied der Amsel durch den Garten zu schallen und ließ Ashari verstummen. Völlig hingerissen hielt sie die Ohren auf den Vogel gerichtet und lauschte andächtig.

Also tat David es ihr gleich und nahm sich zum ersten Mal seit vielen Jahren die Zeit, den Gesang eines Vogels zu bewundern, ohne etwas anderes dabei zu tun. Ob es am Zauber der Natur lag oder daran, dass er als Schriftsteller gern opulente Vergleiche zog – solange die Amsel glucksend trällerte, fühlte er sich Gott ein wenig näher.

Irgendwann endete ihr Lied und sie flog bestimmt fort, um einen Wurm als Brautgeschenk für ein Weibchen zu suchen.

»Ashari, ich glaube, ich kann von dir noch einiges lernen«, sagte David nach geraumer Zeit wohltuenden Schweigens. »Du lehrst mich, aufs Neue Dinge zu sehen, die aus meiner Welt verschwunden waren.«

Sie sah ihn aus ihren smaragdgrünen Augen so unbeschwert und fröhlich an, dass es eine Freude war, endlich einmal keine Trauer oder Angst in ihnen zu finden. Aufmunternd lächelte er ihr zu.

Erneut dachte sie konzentriert nach, um im Anschluss geradezu verbissen mit dem Stift gegen das Papier zu kämpfen. David schmunzelte darüber und stellte fest, dass er das in letzter Zeit sehr häufig tat, seit Ashari in seiner Nähe weilte.

Sie anzusehen schien ihm trotz der wissenschaftlichen Grundlage der Genforschung wie ein Wunder. Beinahe als wäre ein Tiermensch aus einem seiner Bücher gestiegen. Damals, als die ersten Morphs »auf den Markt« gebracht wurden, hatten unbändige Freude über wahr gewordene Träume und Abscheu gegen die offenkundige Sklaverei in ihm einen harten Kampf ausgetragen. Dass Ashari jetzt bei ihm sein konnte, ohne dass er ein schlechtes Gewissen haben musste, machte ihn glücklich.

»David?«

Zurück im Hier und Jetzt stellte er fest, dass Ashari ihm den Notizblock hinhielt. Hatte er sie angestarrt? Rasch griff er nach dem Block und für den Bruchteil einer Sekunde berührten sich ihre Fingerspitzen. Das kribbelnde Gefühl jedoch, dass ihre mit weichem Fell bedeckte Hand auf seiner zurückließ, hielt noch wohlige Ewigkeiten an.

Verlegen räusperte er sich und sah auf Asharis Geschriebenes. »Welt« stand dort und »Lid«.

»Gratuliere! ›Welt‹ ist richtig.«

Als er den Fehler des zweiten Wortes korrigierte, murrte sie trotzdem. »Was ist an ›Lid‹ falsch? ›I‹ ist doch ein Vokal.«

»Man schreibt es El-I-E-De.« Er gab ihr die Korrektur zurück.

»Man spricht nicht mal im Ansatz ein ›E‹«, protestierte Ashari, buchstabierte aber mehrfach stumm, um es sich einzuprägen.

So verging der Tag wie im Flug. David fand dabei so viel Freude am Unterricht wie noch nie. Heute gestaltete dieser sich aus einer lockeren Mischung aus Maulaffen feilhalten, falls die Natur es hergab, und verspielten Buchstabieraufgaben. Ausnahmsweise überkam ihn kein einziges Mal die Unruhe, die er sonst immer verspürte, wenn er nicht zum Schreiben kam. Manchmal schaffte er es, Ashari zum Lachen zu bringen, und lauschte ihr dabei mit frohem Herzen.

»Wie buchstabiert man ›Sprachapplikation‹?«, fragte sie, als es zu dämmern begann und sein Magen längst Hunger vermeldete.

Er lachte. »Wie kommst du jetzt darauf? Wirst du langsam übermütig?«

»Dein Globalnet klingelt die ganze Zeit.«

David spitzte die Ohren und hörte nun leise die Melodie, die einen eingehenden Anruf signalisierte. »Dann scheint es wichtig zu sein«, seufzte er.

»David!«, rief eine aufgebrachte Männerstimme, kaum hatte sein Finger die entsprechende Taste am Terminal berührt. »Sag mal, wo steckst du die ganze Zeit?«

Nach diesem friedlichen Tag musste er ungewöhnlich lange überlegen, wo er den Anrufer einsortieren sollte. »Jason?«, fragte er schließlich und machte es sich auf der Couch gemütlich. »Jason Fuller?«

»Ja, Mann, welcher denn sonst?«

»Warum die Aufregung? Du weißt, dass ich öfter tagelang nicht ans Net gehe.«

Ein schweres Seufzen erklang von der anderen Seite der Leitung. »Das merkt man. Du liest kein Nachrichtenabo, oder? Was in drei Teufels Namen ist bei dir los?«

»Erzähl du es mir«, brummte David, der sich allmählich um seinen Frieden betrogen fühlte.

»Es gibt Fotos, verflixt noch eins. Von dir und der Leopardenfrau, die du gekauft hast.«

Ein eiskalter Schrecken fuhr durch seine Knochen. Schlagartig war er voll konzentriert. »Welcher Anbieter?«

»*GNN*, welcher sonst.«

»Meistbietend verkauft, wie?«, knurrte David, während er das Globalnet mit wenigen Gesten in der Luft auf die richtige Seite navigierte. Das Bild zeigte – wenn auch nicht übermäßig scharf – Ashari und ihn in seinem Arbeitszimmer. *Wie David Blake die Welt belügt*, stand die reißerische Schlagzeile daneben.

»Zehn Dollar? Wow, das ist Wucher«, stellte er belustigt den Downloadpreis fest, doch sein Freund fuhr ihm über den Mund.

»Hast du sie noch alle? Auf dem Foto sieht es aus, als würdest du sie küssen wollen, Herrgott. Und du regst dich über den Preis auf?« Kurze Stille. »Du hast sie doch nicht geküsst, oder?«

»Das ist beleidigend«, erwiderte David kopfschüttelnd. »Wie lange kennen wir uns schon?«

Wieder Schweigen. »Sorry, Mann, ich bin nur echt wütend. Das hätte nicht passieren dürfen, zumindest jetzt noch nicht. Hast du keinen Scrambler?«

»Natürlich habe ich einen im Haus eingebaut. Aber das Foto hat McAllister gemacht, so wie die Perspektive aussieht. Der benutzt ein altmodisches Fernglas mit Linsen und vermutlich eine Uraltkamera. Du weißt noch, dass Kodak früher 35-Millimeter-Filme produziert hat? Vollkommen ohne Elektronik, da hilft kein Scrambler. Was erwartest du von einem Siebzigjährigen?«

Nach einer Weile fragte Jason angespannt: »Und was nun?«

»Ich habe ein dickes Fell. Solange die denken, ich bin meiner Affinität zu Morphs erlegen, soll uns das recht sein. Mein Agent wird mir die Ohren blutig reden, aber was soll's?« Trotz seiner unbeschwerten Worte lag ihm ein gewaltiger Brocken auf dem Herzen. Von nun an würde alles schwerer werden, auch für Ashari.

»Du hast die Lage im Griff?«, fragte sein Freund zweifelnd.

»Klar, Kumpel.« David musterte das Foto eingehend. Es sah tatsächlich so aus, als würde er sie küssen wollen. Wenn er Pech hatte, war dies das Ende seiner Karriere.

»Gut.« Jason klang endlich beruhigt. »Sieh dir den Artikel an.«

»Für zehn Dollar?«, fragte er besser gelaunt, als er sich fühlte.

»Herrgott, David. Warum tu ich mir dich an?« Doch David hatte sein Ziel erreicht: sein Freund lachte. »Mach‘s gut, Dave.«

»Halt die Ohren steif, Jason.«

Er legte auf und David gab den Wink, den Artikel zu kaufen. Der Holoschirm wurde hell und das Gesicht der prominenten Reporterin Julia Peterson erschien. Hinter ihr hatte man das unsägliche Foto eingeblendet, unter dem in reißerischen Lettern die Schlagzeile zusammen mit dem Logo des Senders prangte.

»Hier ist Julia Peterson für *GNN* mit einer Exklusivmeldung über den weltbekannten Autor David Blake.

Seit vor fünf Jahren der Verkauf von Morphs anlief, spekulierten Fans wie Presse beständig darüber, ob David Blake – der mit seinen Büchern über Tiermenschen bereits lange davor Erfolge feierte – selbst Käufer eines Morphs sei oder nicht. Derart lautende Pressestimmen dementierte Blake stets mit aller Vehemenz.

Dies wurde umso notwendiger, als vor vier Jahren sein Buch *Der Ruf der Freiheit* erschien, in welchem er in Romanform harsch mit dem fiktiven Sklavenhandel einer Fantasywelt ins Gericht geht. Die Parallelen zum aufblühenden Morph-Markt brachten ihm einige Preise und vor allem einen sprunghaften Anstieg seiner Verkaufszahlen ein.

Doch wie dieses Foto beweist, hat Blake die Welt belogen. Auf dem Bild ist eindeutig eine Leopardenfrau zu erkennen, die sich mit ihm in seinem Arbeitszimmer befindet. Über das, was er in diesem Augenblick mit ihr vorhatte, darf spekuliert werden.

Nachfragen bei den großen Herstellern ergaben freilich keine Bestätigung. Hier wird wie üblich Diskretion gewahrt. Doch Nachbarn des Schriftstellers bestätigten, dass vor wenigen Tagen ein Lieferwagen gesehen wurde, wie er üblicherweise zum Transport von Morphs verwendet wird.

Leider war Mister Blake selbst zu keiner Stellungnahme bereit, denn er weigerte sich beständig, Anrufe über das

Globalnet entgegenzunehmen. Deswegen bleibt viel Raum zur Spekulation, wieso sich Blake – der einstige Gegner des Morph-Handels – nach Erlassen des Zuchtverbots doch zum Kauf entschied.

Das war Julia Peterson, exklusiv für *GNN.*«

»Bastarde«, knurrte er und warf ein Kissen durch das Hologramm.

»David?«, erklang Asharis beunruhigte Stimme hinter ihm. »Was hat das zu bedeuten?«

Er zuckte zusammen, denn sie war einmal mehr wie aus dem Nichts aufgetaucht. Hatte sie etwa das gesamte Gespräch mit Jason mitbekommen? »Du meinst diesen Bericht?«

»Ich verstehe nicht, warum der Broadcast darüber berichtet. Es werden doch täglich Tiermenschen gekauft. Das hat Miss Randell oft genug betont.«

David bot ihr einen Sessel an, dachte dann an ihren Schwanz und erhob sich stattdessen. Mit abebbendem Puls erklärte er ihr alles, so gut es ging: »Auch wenn seit fünf Jahren der Handel mit deiner Art als rechtens gilt, so ist das Thema unter den Menschen nicht unumstritten.« Asharis Augen weiteten sich, als sie ihm aufmerksam lauschte. »Viele, vor allem aus den ärmeren Schichten, haben es von Anfang an als Sklaverei bezeichnet. Ich habe diese Stimmen immer unterstützt. Es war für mich unvorstellbar, einen Morph zu *kaufen.*«

»Was bedeutet ›Sklaverei‹?«, fragte sie nur. »Ich kenne dieses Wort nicht.«

Bitter lachte David auf. Natürlich hatte *Anthrotec* diese Vokabel aus ihrem Wortschatz gestrichen. »Dazu könnte ich nichts sagen, was nicht vom Gift meiner Abscheu durchdrungen wäre. Sobald du halbwegs lesen kannst, schau im Globalnet nach, wenn du magst.«

Ashari kritzelte auf dem Block herum und zeigte ihm das Ergebnis: Sklawerj. Stumm korrigierte er es und sie nickte nach einem prüfenden Blick und zog einen Kreis darum.

David fuhr fort: »*Der Ruf der Freiheit* war nicht nur ein Buch, sondern meine Art, gegen Konzerne wie *Anthrotec* zu Felde zu ziehen. Das hat mir viel Sympathie und noch mehr Leser bei den Gegnern des Morph-Handels eingebracht. Jetzt stehe ich vor der Welt wie ein Lügner da.«

Er fürchtete sich vor der Frage, warum er Ashari dann gekauft hatte, doch stattdessen kam etwas vollkommen Unerwartetes: »Du hast Bücher über Morphs geschrieben?«

»Nun … irgendwie schon.«

Sie kritzelte wieder auf den Block – länger als sonst – und zeigte David das Ergebnis diesmal nicht. Die Leopardin presste ihn an sich wie einen Schatz und deutete mit dem Kopf in Richtung des Bildschirms, auf dem immer noch dieses infame Foto stand. »Was heißt das jetzt für … uns? Gibst du mich weg?« Ihre Ohren zitterten bei diesen Worten.

»Nein!«, platzte es entsetzt aus ihm heraus. »Auf keinen Fall. Es bedeutet lediglich, dass wir in den nächsten Tagen wenig Ruhe vor der Presse haben werden.«

Was er so leichtfertig dahinsagte, erwies sich als wesentlich schwerer zu verkraften. Die Medien versuchten mehrfach, sein Globalnet zu hacken. Auch durchkämmten sie die gesamte Nachbarschaft nach schmutzigen Details und belagerten mit Kameras die Ausfahrt.

Richtig schlimm wurde es, als sie begannen, regelrecht Jagd auf neue Fotos zu machen. McAllister erfreute sich höchster Beliebtheit – und wie David den verbitterten, betagten Schrat kannte, auch bester Bezahlung. Ganz nach dessen Vorbild ging die Presse dazu über, alte Kleinbildfotoapparate mit bedrohlich anmutenden Objektiven auf seinem Grundstück aufzustellen.

Als er eines Morgens den Vorhang seines Zimmers beiseiteschob, blickte er in das Gesicht eines verdutzten Fotografen. Der war gerade damit beschäftig, sich einen bequemen Sitzplatz auf dem Ast einer Eiche zu suchen, die auf McAllisters Anwesen wuchs. Mit einem tiefen Grollen riss David die Vorhänge wieder zu.

Beim Frühstück fragte er Ashari schließlich, ob sie Lust hätte, einen Ausflug in die Natur zu machen. Er erzählte von einem Freund, in dessen Hütte am Sterling Lake es sich eine Weile gut aushalten lassen würde.

Entzückt sprang sie auf und strahlte über das ganze Gesicht. »Jede Menge Bäume und ein echter See?« Sie hüpfte begeistert umher. »Und wir fahren mit dem Auto? Das wird toll!«

»Wir müssen auf den frühen Morgen warten«, dämpfte David lachend ihren Enthusiasmus. »Mit der Presse im Schlepptau haben wir sonst keine ruhige Minute, See hin oder her.«

Asharis Lächeln flackerte kurz, strahlte dann aber unvermindert weiter.

So verließen sie bei Nacht und Nebel das Anwesen – nun gut, der Nebel entsprang Davids antrainiertem Drang, Dinge auszuschmücken. Er war froh darüber, dass er ein zeitgemäßes Auto mit flüsterleisem Antrieb fuhr, anstatt wie seine wohlhabenden Nachbarn röhrenden, knatternden Oldtimern aus dem Anfang des Jahrhunderts verfallen zu sein. Außerdem hatten kluge Designer die Sitze der neusten Modelle so geformt, dass auch Wesen mit Schwanz bequem darauf Platz nehmen konnten.

Im Kofferraum lagen zwei pralle Taschen mit Gepäck. Ashari hatte darauf bestanden, ihre selbst zu tragen, obwohl sie aussah, als würde sie unter der Last zusammenbrechen. Rechteckige Abdrücke deuteten auf eine kleine Bibliothek hin.

Während der Fahrt drückte sich die Leopardin die Schnauze an der Beifahrerscheibe platt und beäugte staunend wie ein Kind die neue, große Welt. Wenn einmal etwas – ein prachtvolles Haus oder dergleichen – zu schnell vorbeihuschte, sah sie ihm traurig hinterher

»Wonach hältst du Ausschau?«, fragte David, der ihren Blicken dank Autopilot zwar folgen, aber nichts Besonderes entdecken konnte. »Hast du nicht Bilder von alledem zuhauf gesehen?«

Vollkommen verständnislos sah Ashari ihn an. »Die Menschen würden nicht verreisen, wenn Holos genug wären«. Damit hatte sie die Sache auf den Punkt gebracht und wandte sich wieder der Scheibe zu.

Ach was soll's. Zweihundert Meilen schaffen wir spielend, dachte David und regelte den Tempomaten ein wenig nach unten. Ashari lächelte ihn fröhlich an und bewunderte dann weiter die Umgebung. Tatsächlich stellte David nun auch fest, dass es etwas zu sehen gab. Gärten wie Häuser offenbarten kleine Details, die ihm bisher immer entgangen waren. Eine Efeufassade hier, die der Wind gerade in grüne Wogen verwandelte, eine – harmlose – weinende Engelstatue dort. Bald zeigten sie sich gegenseitig Dinge, die sie entdeckten und trotz des verlangsamten Tempos kamen sie viel zu schnell bei ihrem Etappenziel an.

Es lag in einem heruntergekommenen Viertel Atlantic Citys, dessen beste Zeit längst hinter ihm lag. Hier hatte David ein Mietauto reserviert, da er genau wusste, dass die Presse Ausschau nach seinem Nummernschild halten würde. Als die Frau hinter dem Counter – jung, hübsch und nichtssagend – erfuhr, dass Ashari dabei war, schlug sie, ohne zu fragen, zwanzig Doller für das Absaugen des Beifahrersitzes auf den Preis auf. David war bisher nicht aufgefallen, dass die Leopardin haarte, und bestätigte den Vertrag nur widerwillig.

Weiter ging die Reise, in gemütlichem Tempo durch Städtchen entlang der Ostküste. Als Ashari die Skyline New Yorks erblickte und in schieres Entzücken verfiel, war es um seinen Zeitplan endgültig geschehen. Ihre kindliche Freude wirkte einfach entwaffnend.

Es versprach, ein schöner Tag zu werden. Doch David hatte keine Vorstellung davon gehabt, wie abweisend die Welt sein konnte, wenn man in Begleitung eines Morphs reiste. Die befremdlichen Blicke, die ihnen beiden gleichermaßen zugeworfen wurden, stellten dabei die geringste Sorge dar.

Im Central Park genoss Ashari gerade das emsige Treiben und bestaunte die gewaltigen Hochhäuser, die sich über die uralten Bäume erhoben, als ein Student in einem

NYU-Sweater David vor die Füße spuckte. »Das ist das wahre Amerika! Sklaverei hat uns schließlich groß gemacht!« Die Leopardin fauchte ihn an und er suchte irritiert das Weite, doch fanden sie keinen rechten Gefallen mehr an dem Park.

Es erstaunte David sehr, wie viele Gebäude Tiermenschen verwehrt blieben. Mal wiesen dezente Schilder darauf hin, mal diskret flüsterndes Türpersonal. Regelrecht zornig wurde er bei einem Glasaufdruck auf der Tür eines Eiscafés. »Wir müssen draußen bleiben« stand unter den Bildern eines Hundes und eines Fuchsmannes.

Umso erfreuter las er auf der Werbetafel für ein Restaurant im New Empire State Building, dass man hier »Morphs willkommen« hieß. Die Freude währte indessen nur so lange, bis er diese in dem gediegenen Etablissement neben ihren speisenden Herren stehen oder knien sah. Als sich Ashari traurig ihm gegenüber setzte und David für sie Essen bestellen wollte, blickte der blutleere Ober peinlich berührt drein. »Wissen Sie … Ich würde Ihnen ihren Wunsch nur zu gern erfüllen.« Es war offensichtlich, dass er sich hinter eine Lüge versteckte. »Die anderen Gäste jedoch könnten die Beköstigung eines …« Er nickte in Richtung Ashari. »… als unangemessen erachten.« Er lächelte ebenso breit wie falsch. »Die Konditionierung ihrer … Helfer könnte darunter leiden.« David verließ das Restaurant eisigen Blickes.

Die Nacht hatte längst ihren Platz am Himmel zurückerobert, als sie endlich die Grenze des Staates New York überquerten. Zwar knurrten ihre Mägen dank eines Drive-Thru an der Interstate 87 längst nicht mehr, doch benötigten sie Vorräte für den Aufenthalt am nahegelegenen See. Also hielten sie auf dem Parkplatz eines Supermarktes in Sloatsburg und nach kurzem Zögern beschloss David, allein einkaufen zu gehen. Ashari stimmte niedergeschlagen zu, im Auto auf ihn zu warten.

Den Markt verließ er derart beladen, dass es wohl für zwei Wochen reichen würde, doch verspürte er wenig Lust, allzu bald wieder in die »Zivilisation« zurückzukehren. Gerade stellte er die schweren Tüten auf dem Boden vor dem Kofferraum ab, als ihn eine Stimme zusammenzucken ließ: »Haben Sie vielleicht 'nen Dollar für 'nen alten Veteranen?«

David wirbelte mit pochendem Herzen herum und fixierte ein verwahrlostes, hageres Gesicht. Ein wüster Bart vermochte kaum, die grässlichen Narben auf der Wange des armen Mannes zu verbergen.

»Meine Güte, haben Sie mich erschreckt«, erwiderte David mit flatteriger Stimme. Er zog die Brieftasche hervor und fischte einen Dollar heraus. Zu spät bemerkte er den gierigen Blick des Bettlers, der an den großen Scheinen hängen blieb. Ein Messer blitzte und schon spürte David die scharfe Schneide an seinem Hals.

»Wir bleiben beide ganz ruhig!«, rief er besänftigend und hob rasch die Hände. Mit kaltem Griff packte die Angst seine Innereien. Die Welt schrumpfte auf die Klinge und die wässrigen grauen Augen des Räubers. »Sie bekommen das Geld, versprochen. So ist es am einfachsten!«

»Das will ich meinen!«, sagte der Hagere und schob Kinn und Brust heraus. »Keine Heldentaten, kein Blut.« Er schnappte sich das Portemonnaie mit der freien Hand. »Und jeder ist zufrieden.«

Alles hätte gut werden können. Die paar hundert Dollar, die er wegen der Verfolgbarkeit elektronischer Zahlungen abgehoben hatte, konnte er verschmerzen.

Doch dann klickte die Beifahrertür. »David?«, fragte Ashari besorgt. »Was ist da los?«

Seine Angst wurde zur Panik. »Bleib im Auto!«, rief er, ohne den Mann aus den Augen zu lassen. »Sie haben das Geld.«

»Verdammt richtig.« Er hielt das Messer erhoben, als er wachsam zurückwich. »Keine Heldentaten, kein Blut.«

Ashari stieg aus. »Was geht hier vor?«

Die kränklichen Augen des Räubers wurden hart und irre. »Eine Bestie!« Seine Stimme überschlug sich von einem hohen Kreischen zu einem erstickenden Krächzen.

Mit Entsetzen wurde David bewusst, dass die Narben im Gesicht des Mannes wie von einem Prankenhieb anmuteten. Bereits vor der Freigabe für den freien Markt hatten verschiedene Nationen Morphs als Soldaten eingesetzt.

Das Messer flog achtlos beiseite und machte einer Waffe absurden Ausmaßes Platz, die der Verbrecher aus dem Hosenbund zog. Kein Kapselteaser oder eine elegante Gauß-Pistole, sondern ein altmodischer, großkalibriger Trommelrevolver. *Gott im Himmel!*

»Nicht noch einmal!« Mit zittriger Hand zielte der Angreifer auf Ashari.

»Nein!«, brüllte David und sein klares Denken setzte aus. Als es wieder griff, stand er zwischen der Leopardin und der Pistole und versuchte, den Mann zur Vernunft zu bringen. »Sie tut Ihnen nichts! Sie …«, seine Stimme versagte und er schluckte schwer. Die Mündung der Waffe glich einem finsteren Tunnel, aus dem jederzeit ein Zug herausrasen konnte. »Sie gehorcht mir und wird brav dort hinten bleiben!«

»Beiseite, du Sohn einer Hündin!«, fluchte der Räuber und gestikulierte derart heftig mit dem verchromten Revolver, dass David nur unentwegt die krampfenden Finger am Abzug anstarren konnte. »Nicht noch einmal, sage ich!«

Ein beschissenes Ende für einen beschissenen Tag, schoss es David durch den Kopf und beinahe hätte er lauthals losgelacht. »He, warten Sie, warten Sie!« Er griff an sein Handgelenk und bekam zunächst mit zittrigen Fingern den Verschluss nicht auf, bis er dann doch dem Mann triumphierend seine Uhr entgegenhielt. »Die ist aus der Schweiz. Gut gepflegt und selbst gebraucht noch fünfzehntausend Wert.«

Der Verbrecher riss den Mund auf, doch kam nichts heraus. Sein Blick zuckte zwischen der Uhr und der Leopardin hin und her.

»Ashari, tritt zurück!«, beschwor David sie und dankte Gott dafür, dass sie endlich auf ihn hörte. »Und noch ein Montblanc oben drauf, weil Sie so vernünftig sind«, pries er die Beute des Räubers wie ein irregewordener Auktionator an. Ganz langsam und mit nur zwei Fingern zog er seinen Füllfederhalter aus der Brusttasche des Hemdes. Dann platzierte er beides auf den Boden und trat ebenfalls zurück, bis er gegen Ashari stieß. Ihre Hände zitterten, während sie diese auf seinen Rücken legte.

Als würde er sich einer Giftschlange nähern, brachte der Hagere den Meter bis zu seiner Beute hinter sich, die

Waffe unvermindert auf David gerichtet. Und plötzlich ging alles viel zu schnell.

Ein Schuss knallte, gefolgt von hastigen Schritten. Dann kam die Stille.

Momente des Friedens

Wut. David fühlte sich durch und durch erfüllt von diesem treibenden, adrenalinpeitschenden, die Vernunft vernichtenden Gefühl. »Rechtlich nicht relevant!«, stieß er gepresst hervor und ließ das Küchenmesser niedersausen. Seine Finger überlebten diesen Anschlag wie durch ein Wunder. »Dieser hirnverbrannte Idiot.«

»Ich glaube, die Zwiebel ist jetzt klein genug«, meinte Ashari schüchtern und duckte sich unter seinem zornerfüllten Blick. Mühevoll atmete er tief durch, zwang sein Gesicht, sich zu entspannen, und musste ihr recht geben.

Lustlos tat er die Zwiebeln in den Topf, in dem bereits massakrierte Tomaten, niedergemetzelter Speck und gevierteilte Kartoffeln schwammen. »Das ist einfach die Krönung eines total versauten Tages!« Dieser Esel von einem Polizisten ging ihm nicht aus dem Kopf, der sich vehement geweigert hatte, Asharis Zeugenaussage aufzunehmen, bis David ihre Beobachtungen und Personenbeschreibung als die seine ausgab. Da half es auch nicht, dass der Büttel den Räuber anhand der Beschreibung als bekannten Täter einstufte und etwas von »bald verhaftet« plapperte.

»In einer Stunde müsste es gut sein«, sagte er ein wenig zu laut. »Iss nur, ich habe keinen Hunger.«

Dann warf er sich eine dünne Jacke über und trat durch die grässlich quietschende Haustür hinaus in die kühle Frühlingsluft. *Dieser bornierte Paragraphenfrosch!*, dachte er erbost und ging hastigen Schrittes zum Steg. Viel zu rasch zwang ihn dessen verwaistes Ende, das dunkel in den mondhellen See ragte, zum Stehenbleiben. Finster wie der Lauf dieser grauenvollen Waffe.

Schnaubend lachte er auf, als er bemerkte, wie kindisch er bisher die Todesangst seiner Protagonisten beschrieben hatte. Vor der Mündung einer geladenen Pistole gab es nicht viel – nicht für einen einfachen Menschen wie ihn. Das Gehirn löste sich irgendwie von der Welt, der Blick wurde scharf und gleichzeitig begrenzt und dann blieb nur noch die Angst. Die eigene Stimme drang von außen in das Geschehen und auch der Räuber …

Schaudernd schüttelte David diese Bilder ab und zwang sich, tief durchzuatmen. Die Luft roch wunderbar nach See und Wald und trug einen ersten, wohligen Hauch von Milde in ihrer Kühle. Der Zorn blieb.

He, du hast dich gut geschlagen, dachte er sich und glaubte selbst nicht daran. Wenn man sich mit nacktem Entsetzen an ein dünnes Drahtseil klammerte, um nicht vom Berg zu stürzen, war das auch keine Heldentat.

Was für ein bescheuerter Tag, an dem der anständigste Mensch ein junger Kerl blieb, der einem vor die Füße spuckte. Aufgewühlt trat er gegen einen Holzpfosten und fühlte sich betrogen, als der Schmerz ausblieb.

Die Haustür quietschte, doch David hatte keine Lust, sich umzudrehen. Er wollte allein sein. Er wollte … Erneut holte er tief Luft, zählte bis drei und ließ den Atem dann langsam entweichen. Ashari durfte ihn so nicht sehen.

Konzentriert lauschte er, doch obgleich er ahnte, dass sie sich näherte, hörte er sie nicht. Erst, als sie neben ihn trat, war er sich sicher.

»David?«, fragte sie behutsam. »Was habe ich falsch gemacht?«

All seine Wut, all der Frust und die Enttäuschung verpufften in ungläubigem Erstaunen angesichts dieser Frage. Fassungslos sah er sie an. Geduckt, mit angelegten Ohren und geradezu furchtsam blickte sie drein. »Wieso glaubst du«, hob er an und merkte sofort, dass er viel zu laut sprach – zu laut für den nächtlichen See und ganz sicher für ihre ängstlichen, hochempfindlichen Ohren. Das Adrenalin kochte noch viel zu stark in seinem Blut.

So sanft er konnte, versuchte er es erneut: »Wieso glaubst du, dass irgendetwas, das heute geschehen ist, deine Schuld ist?«

Sie straffte ihre Haltung und antwortete bitter: »Alles, aber wirklich alles heute ist nur schief gegangen, weil ich eine Morph bin.« Ihre gerümpfte Schnauze, der seitlich geneigte Kopf und die zusammengezogenen Augenbrauen zeichneten ein Bild trotziger Zerknirschtheit.

»Oh, Ashari«, seufzte er und fühlte Traurigkeit durch seinen Körper fließen, die all den Schmutz des Tages fortwusch und blanke Erschöpfung zurückließ. Er wandte sich ihr zu und lächelte müde. »So viel Unrecht und du suchst die Schuld bei dir.« Ein vertrautes Lauern kam über sie, wie immer, wenn er Dinge sagte, die sie nicht verstand. »Glaube mir, mit dir ist alles in Ordnung.« Am liebsten hätte er eine Hand auf ihre Schulter gelegt, doch diesen Fehler würde er kein zweites Mal begehen. »Nur die Menschen da draußen sind …« Er suchte nach dem richtigen Wort, fand aber nichts, das passte. »Ach, manchmal habe ich das Gefühl, dass die ganze Welt ein Irrenhaus ist, ohne

Hoffnung auf Heilung. Vollgestopft mit Neurotikern, Psychopathen und Egomanen.«

Ashari lächelte zaghaft und senkte den Blick zu Boden. »Und der Räuber? Wenn ich nicht aus dem Auto gestiegen wäre …«

»Der Fehler lag ganz und gar bei ihm. Er hatte die Waffe, er ist der Verbrecher – nicht du.«

Eine geraume Weile sagte sie nichts und David fühlte sich hilflos. Er hätte sie am liebsten umarmt und die gesamte Welt damit von ihr ferngehalten. Unter ihrer Fassade der Bissigkeit und Kampfbereitschaft, die sie bei *Anthrotec* und auch ihm gegenüber zur Schau getragen hatte, verbarg sie eine zerrüttete, empfindsame Seele.

Er versuchte es noch einmal. »Unrecht bleibt Unrecht, egal wer es gegen wen verübt.« Doch ihm schien, dass sie gar nicht zuhörte.

Stattdessen huschten ihre Augen suchend zwischen den seinen hin und her. »Warum hast du dein Leben für mich riskiert?«, fragte sie unvermittelt.

»Ich …«, hob er an, wusste aber nicht, was er sagen sollte. Es war nichts Heroisches dabei gewesen, kein nobler Gedanke, sie zu beschützen, nur Instinkt. »Ich konnte doch nicht tatenlos zusehen, wie er dich erschießt!«, platzte es schließlich aus ihm heraus.

Ein breites Lächeln huschte über Asharis Gesicht. Sie richtete ihre Ohren auf und ihren Zügen haftete auf einmal nichts Raubtierhaftes mehr an. »Etwas verwirrt mich«, sagte sie. »Regel Nummer acht.«

»Regel Nummer acht?«

»Der Meister beschützt dich vor anderen Menschen. Du bist ihm zu Dank verpflichtet.«

Ungläubig lachte David auf. »Ich glaube nicht, dass die das so gemeint haben. Ich wage zu bezweifeln, dass sie ernsthaft damit rechnen …«

Doch sie schüttelte den Kopf. »Ich dachte, die Regeln sind … böse. Aber … nun ja, ich …«, druckste sie verlegen herum. »Was ist mit der Dankbarkeit?«

Er stutzte und musste sich über sich selbst wundern. Der kleine Weltverbesserer in ihm hatte die Frage freilich falsch verstanden. »Echte Dankbarkeit ist etwas sehr Gutes. Aber du bist zu nichts verpflichtet, Ashari. Ich bin einfach nur froh, dass du lebst.«

Sie öffnete den Mund und wollte etwas sagen, doch brachte sie es nicht über die Lippen. Ihre Finger kneteten sich erbarmungslos und ihr Schwanz peitschte getrieben hin und her. Besonders ihre so herrlich verwirrte Miene – gerümpfte Nase und ein auf der Unterlippe kauender Reißzahn – erfüllte sein Herz mit derart warmer Freude, die jegliches »Danke« unnötig machte.

»Ashari«, sagte er sanft und sie blickte ertappt zu ihm auf. »Du brauchst nichts …«

Sie holte tief Luft, trat einen Schritt vor und umarmte ihn fest. Vollkommen überrascht blieb David die Sprache weg. Dann lachte er froh, seufzte glücklich und legte dabei vorsichtig seine Arme um sie.

»Also das tut nach so einem Tag mal richtig gut«, sagte er leise lachend und tätschelte dankbar ihren Rücken. Sie schmiegte ihre Wange an seine Brust und ganz behutsam bettete er das Kinn auf ihren Kopf.

Sein Herz hüpfte und pochte wild vor Freude und Erleichterung, sodass er sich so lebendig wie lange nicht in seinem Leben fühlte. Am Rande bemerkte er erstaunt, dass er sich nicht vor allem deswegen freute, weil sie endlich Vertrauen zu ihm gefunden hatte, sondern nur, da es Seelenbalsam war, Ashari in den Armen zu halten.

Später an diesem Abend sollten all die kleinen Details in seine Erinnerung kommen – wie sich ihr Fell angefühlt hatte oder wie sie gerochen hatte. In diesem Augenblick jedoch floss ihre Nähe in den tiefen, trockenen Brunnen seines Herzens und er sog sie begierig in sich auf.

Irgendwann, wer weiß wie viel später, lösten sie sich einvernehmlich voneinander. Davids Hand ruhte noch auf ihrem Arm und er sah hinab in ihre mondsilbergrünen Augen. Tausend kleine Ameisen krabbelten durch seine Lunge und stürmten den Magen. Sie sah ihn sanft und liebevoll an. Der Aprilwind umspielte das Fell auf ihren Ohren ein wenig. Dann hielt die Nacht den Atem an. Ein Gefühl wie freier Fall, als er sich langsam vorbeugte, um …

Mit einem fürchterlich trötenden Zetern brach eine Ente wie eine schimpfende Gouvernante aus dem Schilf hervor und jagte mit klatschenden Flügeln an ihnen vorbei. Sie prusteten gleichzeitig los und blickten dem Vogel herzhaft lachend hinterher.

»Morgen gehen wir auf Entenjagd.« David spürte mit einem Schlag seine Erschöpfung zurückkehren und gähnte unweigerlich.

»Ich glaube, vorher sollten wir uns erst einmal von diesem Tag erholen«, schlug Ashari vor und streckte sich. Auch sie wirkte regelrecht abgekämpft.

Die magische Sekunde jedoch war verflogen.

Das wohlige Liebkosen der frühen Morgensonne tat sein Bestes, um David ein sanftes Erwachen zu bescheren. Selig räkelte er sich unter der Decke und wollte sich gerade auf die Seite drehen, als ihm ein Bild vor Augen kam und ihn einem Schwall Eiswasser gleich aufschrecken ließ. Seine Lider schnellte auf und die Müdigkeit galoppierte jaulend mit eingezogenem Schwanz davon.

Es war nicht die Mündung der Pistole, die er gesehen hatte – diese schien fern und surreal. Er sah sich und Ashari auf dem Steg stehen, nur wenige Zentimeter von einem Kuss entfernt.

Was, zum Teufel, hatte er sich dabei gedacht? Er hatte damit alles aufs Spiel gesetzt, wofür er so lange gearbeitet hatte. Ashari begann gerade, Vertrauen zu einem Menschen zu fassen und er hatte es für verliebte Blicke gehalten. Nicht auszudenken, was passiert wäre, wenn diese Ente nicht gewesen wäre!

Unweigerlich schlich sich ein Lächeln auf sein Gesicht, denn einen langen, innigen Kuss in Asharis Armen konnte er sich sehr wohl ausmalen.

Kopfschüttelnd schob er diesen Gedanken beiseite. *Ohne den Überfall, wäre es nie so weit gekommen,* dachte er. Extreme Situationen als Funke für die Liebe waren bestenfalls ein gern verwendeter Trick in seinen Büchern.

Und wenn da doch etwas war? Ihr Fell hatte sich so betörend weich unter seinen Fingern angefühlt und ihre Nähe ihn derart glücklich …

Typisch Mann, schimpfte er in Gedanken und richtete sich knurrend auf. Die Erschöpfung der gestrigen Vorfälle steckte ihm immer noch in den Knochen, so viel stand fest.

Ein Tag der Ruhe, wie Ashari es gesagt hatte, erschien ihm sehr verlockend. Ein Tag der Ruhe mit ihr umso mehr.

Kopfschüttelnd verließ er das Zimmer.

Da die Uhr verriet, dass er weit vor seiner üblichen Zeit aufgestanden war, entschied er sich für ein Frühstück der besonderen Art. Gut gelaunt machte er sich daran, den Teig für ein echtes Vollkornbrot zusammenzurühren und malte sich dabei bildreich aus, wie verzückt Ashari aussehen würde, wenn sie das erste Mal hineinbiss. Seufzend hielt er inne und prüfte seine Motive, dieses Brot zu backen. Leise vor sich hin grummelnd musste er sich eingestehen, dass er diese Frage nicht so einfach beantworten konnte. Er hasste es, sich nicht unter Kontrolle zu haben. Und doch musste er gleichzeitig schief grinsen.

Ach, hol's der Donnerdrummel!, dachte er schulterzuckend und fuhr fort.

Tatsächlich schmeckte das dampfend warme Vollkornbrot Ashari derart gut, dass sie an diesem Morgen nichts anderes aß als Brot mit gesalzener Butter. Sie legten beide einen Heißhunger an den Tag, als hätten sie gestern eine Wanderung quer durch New Jersey hinter sich gebracht.

Doch jegliche verliebten Blicke, romantisch anmutenden Momente oder auch nur ein Nachhall des gestrigen Abends ergaben sich zu Davids großer Erleichterung und unleugbaren Enttäuschung nicht.

Den gesamten Tag über ertappte er sich immer wieder dabei, wie er hoffnungsvoll irgendwelche Zeichen seitens Asharis suchte. Doch diese hatte nur Augen und Ohren für die wunderbare Natur, durch die sie wanderten. Der Wald um den See herum musste für sie eine Offenbarung der

Wunder Gottes sein. Mit zunehmender Erleichterung erkannte David, dass er sich unbeschwert mit ihr freuen konnte. Gegen Abend fand er sich von der Zufriedenheit erfüllt, einen friedlichen Tag voller waldgrünen Sonnenlichts, klarer Frühlingsluft und ziellosen Wanderns erlebt zu haben.

Nach dem Abendessen stellte er selbstgefällig fest, dass er endlich seine Mitte wiederfand, als Ashari mit einer einzigen Frage das Kartenhaus einstürzen ließ: »David? Was ist das zwischen uns beiden?«

Starr wie ein Reh im Scheinwerferlicht ihrer Augen setzte kurz alles klare Denken aus. Dann begann sein Herz wie verrückt zu hämmern. Er suchte krampfhaft nach einer romantischen Antwort, brachte jedoch mit zugeschnürter Kehle letztendlich nur ein feiges »Was meinst du?« heraus.

»Du hast mich gekauft, tust aber die ganze Zeit so, als wäre ich nicht dein Eigentum.« Er musste ziemlich dumm aussehen, während sein Gehirn versuchte, der völlig unerwarteten Richtung des Gesprächs zu folgen. »Du bist freundlich, nimmst meine aufmüpfige Art hin und erwartest dafür überhaupt nichts von mir.« Ihre Augen, groß und friedlich, schienen in sein Innerstes blicken zu wollen. »Ich meine, kauft man einen Morph nicht eigentlich, damit er einem …« Ihre Schnurrhaare zuckten beleidigt nach unten. »… dient?«

Die Erde hatte ihn wieder. In diesem Augenblick verspürte David vor allem Mitgefühl mit der Leopardenfrau. »Der Gedanke, dich als Eigentum zu betrachten, ist mir zuwider, Ashari.«

»Warum hast du mich dann …« Ein selbstbewusstes Lächeln blitzte auf und sie hob den Kopf. »Weshalb hast du dann so viel Geld an *Anthrotec* bezahlt?«

»Weil ich es konnte«, erwiderte er schlicht. »Nach der Verhängung des Zuchtverbots wusste ich wenigstens, dass sie eine freie Morph nicht gleich wieder durch einen Sklaven ersetzen. Und ich konnte nicht tatenlos zuschauen, wie man deine Art dort behandelt, obwohl ich daran etwas ändern kann!«

»Du wolltest einfach nur helfen?«, fragte sie verblüfft, blickte dann aber beinahe zärtlich drein.

»Ich will helfen. Darum ermutige ich dich dazu, lesen zu lernen. Aus diesem Grund bestärke ich dich zu Selbstbewusstsein und Selbstbestimmung.«

»Selbstbestimmung?« Ihre Stirn krauste sich unter der Last der Gedanken. Ihre Augen zuckten hin und her, als betrachtete sie verschiedene Teile eines großen Puzzles. »Die andere Seite der Medaille, richtig?«

»Ja, genau!«, rief er erfreut. Sie hatte jedes seiner Worte genauestens in Erinnerung behalten! *Was für eine fantastische Schülerin!*

»Zu wissen und auszusprechen, was ich will.« Eifrig nickte David. »Das ist viel verlangt von jemandem, der immer nur Gehorsam lernen sollte.« Nachdenklich schwieg sie eine Weile. Dabei blickte sie unentwegt auf ihre gefleckt gemusterten Hände hinab. »Wenn ich sage, dass ich gehen will … Lässt du mich dann ziehen?«

Diese Frage, so unausweichlich sie irgendwann kommen musste, bohrte sich darum nicht weniger schmerzhaft in sein Herz – war die Antwort doch ebenso unvermeidbar. »Du kannst nicht frei sein, Ashari«, sagte er und hoffte verzweifelt, dass sie all die Traurigkeit darüber in seiner Stimme heraushörte. »Die Welt ist noch nicht so weit.«

Der befürchtete Zorn blieb wundersamerweise aus. Stattdessen lächelte sie. Lächelte sanft und berührte seinen Unterarm. »Ich vertraue dir, David. Das ist etwas, das ich nie für möglich gehalten hätte – einem Menschen nicht in ständiger Wachsamkeit begegnen zu müssen. Das Leben bei dir ist besser, als ich mir je erträumt habe. Fürs Erste soll mir das genügen. Obwohl …« Verlegen nahm sie die Hand von seinem Arm und begann Kreise mit einer Kralle auf den Tisch zu malen.

Vollends erleichtert über ihre Einsicht, ermutigte David sie: »Nur zu!«

»Ich …«, begann sie zögernd. »Ich würde gern für dich arbeiten. Gegen …« Ihre Hände ballten sich zu Fäusten. »Nun ja, gegen Bezahlung«, spuckte sie die letzten Worte aus.

Amüsiert schmunzelte er. »Der Gedanke, Geld von deinem ›Meister‹ zu verlangen, erscheint dir unangemessen, nicht wahr?« Ablehnend schüttelte er den Kopf. »Ich möchte nicht, dass du für mich arbeitest. Ob nun mit oder ohne Lohn.«

»Aber …«

»Wenn du später gut genug lesen und schreiben kannst, steht dir die Möglichkeit offen, über das Globalnet etwas zu verdienen.«

»Ich …«

»Bis dahin bekommst du ein monatliches Budget. Du musst sowieso lernen, mit Geld umzugehen.«

»Ich kann doch nicht …«

Mit einer strikten Handbewegung schob er ihren Einwand beiseite. »Hör zu, Ashari: Ich möchte nicht, dass irgendwer für mich arbeitet. Ich mag das Gefühl nicht, bedient zu werden. Sonst hätte ich längst eine Reinemachefrau, einen Sekretär oder eine andere Unterstützung.«

Mit diesem herrlich schmollenden Ausdruck auf ihrer Schnauze, der ihn immer wieder zum Schmunzeln brachte, nickte sie widerwillig.

»Hast du noch etwas auf dem Herzen? Ich will, dass du dich so frei wie irgend möglich fühlen kannst.«

Sie sann kurz nach und wurde schlagartig verlegen. Er fühlte sich an gestern Abend erinnert, bevor sie ihn so spontan umarmt hatte. Geradezu befreit stellte er fest, dass er sich dennoch keine unsinnigen Hoffnungen machte, sondern genau spürte, dass sie etwas Wichtiges auf dem Herzen hatte. Geduldig gab er ihr alle Zeit, sich zu sammeln.

»Du bist nicht mein Meister? Du willst nicht, dass ich dir diene?«

»Absolut!«, entgegnete er beinahe verärgert.

»Ich darf mich so verhalten, als wären wir… gleichberechtigt?«

»Du bist gleichberechtigt. Ich dachte, das hätten wir schon besprochen.«

»David, du hast keine Ahnung, wie das ist!«, brauste sie auf. »Mir wurde mein Leben lang beigebracht, dass Menschen über Morphs herrschen. Dass es ihr Anspruch als unsere Schöpfer, ja ihre gottgegebene Rolle als Gebieter ist!« Ihre Augen funkelten zornig. »Du kannst dir nicht vorstellen, wie entzweigerissen ich gestern Abend war zwischen dem Wunsch, dich aus tiefster Dankbarkeit zu umarmen, und der Furcht, etwas durch und durch Unerhörtes zu tun!«

Zerknirscht blieb David nichts anderes übrig, als ihr Recht zu geben. »Nein, das kann ich wirklich nicht.« Und mit einem Lächeln, das sich aus einer ganz unschuldigen Zuneigung speiste, fügte er hinzu: »Ich bin froh, dass du gestern deinem Herzen gefolgt bist. Folge ihm einfach auch in Zukunft.«

Sie grinste spitzbübisch. »Ich kann tun, ganz wonach mir ist?«

Er nickte.

»Gut!«, sagte sie fröhlich und verschwand in ihrem Zimmer, um kurz darauf mit einem Buch zurückzukehren. Sie warf sich längs auf das Sofa, wagte einen Kontrollblick in Richtung David, ob sie es nicht zu weit trieb, und begann zu lesen. Die Furchen auf ihrer Stirn sprachen Bände von der Mühe, die es ihr bereitete, die Worte zu entziffern. Während er den Tisch abräumte, fiel ihm auf, dass er den Einband wiederkannte. Ashari las seinen Roman *Der Ruf der Freiheit*.

Sie hätte Grass, Coelho oder Mann mitnehmen können, aber sie liest eines von meinen? Einen Moment lang gab er sich wieder seligen Fantasien hin, in denen die Leopardin bewundernd über sein Geschriebenes sprach. Indessen holte ihn eine ernüchternde Erkenntnis allzu rasch in die Wirklichkeit zurück: Ashari suchte etwas Leichtverdauliches zum Träumen, keine tiefschürfenden Gedanken, welche die Welt verändern könnten. Zwar gönnte er ihr diese Auszeit aus der grausamen Realität von ganzem Herzen, doch zu den Plänen *Morph Freedoms* wollte das so gar nicht passen. Schulterzuckend schob David diese Bedenken beiseite. Hier am See hatten sie sich beide ein paar Momente des Friedens mehr als verdient.

Die Tage flossen dahin wie ein sehr gemütliches Bächlein und David und Ashari trieben auf ihm, gleich zwei unbeschwerten Blättern. Sie verbrachte derart viel Zeit mit der Schnauze im Buch, dass er Mühe hatte, sie hin und wieder zu einer Wanderung in der Natur zu überreden. Kaum traten sie hinaus, schien der Roman vergessen und die Leopardin gab sich ganz ihrem Entzücken für den Wald und die Seen hin. Zurück im Haus jedoch gab es nur noch das Lesen.

Obgleich er froh war, dass sie mit solch einem Feuereifer übte, gefiel ihm der Gedanke nicht, dass Ashari ausgerechnet den »Ruf« las. Bei aller Objektivität, um die er sich beim Schreiben eines Buches bemühte, konnte er seine Moralvorstellungen kaum abstellen. Gerade in diesem Roman schwang eine Menge Verbitterung über die Versklavung von Morphs durch Gentechnologie-Konzerne mit.

Fuller hatte ihm jedoch eingeschärft, wie wichtig es sei, dass Ashari objektiv denken lernte. Subjektive Meinungen hielten in einer Diskussionsrunde oder in einem Interview keine fünf Minuten stand.

Aber sie war glücklich. Und das stimmte David froh. Wann immer er von seinem neuen Manuskript aufblickte, sah er sie mit den Protagonisten freuen oder leiden. Außerdem konnte er ihr nicht vorschreiben, was sie las.

Über sich selbst amüsiert verwarf er den guten Vorsatz, in seinen nächsten Roman keine Romanze einzubauen, zu

Gunsten einer schüchternen Annäherung zwischen den beiden Hauptcharakteren. Auch wenn sich die Lage zwischen ihm und Ashari nicht verändert hatte, kam er nicht umhin ihre exotische Schönheit anzuschmachten und seine geheimen Sehnsüchte in das neue Werk hineinzuträumen.

Als sich ihr Buch den letzten Seiten nährte – ihr Lesetempo nahm beängstigend schnell zu – sollten auch die unbeschwerten Tage am See ein Ende finden.

Wie jeden Morgen um diese Zeit hatte sich David am Fenster niedergelassen und brachte seine neusten Einfälle zu Papier, als ein Mann vor dem Haus erschien. Er hielt ein Paket unter den Arm geklemmt und studierte mit gerunzelter Stirn den Namen am Klingelschild.

Mit einem skeptischen Seitenblick zu Ashari, die gerade den Geschirrspüler ausräumte, ging David zur Tür und öffnete sie. Das blondbeschopfte Gesicht des Boten mit der Uniform von United Parcel hellte sich auf. »Wusste ich es doch. Sie sind der Typ aus den Nachrichten! David Blake, richtig?«

»Sie lesen nicht besonders viel, oder?«, fragte David nur.

»Ich war schon besorgt, weil ihr Name nicht am Schild steht.« Der Paketbote musterte ihn von oben bis unten. »Sie sind so was wie ein Held für mich, wissen Sie? Sie haben die Gegend sicherer gemacht, sagt der Sheriff auf *GNN*.«

David ahnte nichts Gutes. Irgendetwas war zu den Medien durchgesickert.

Der Kurier jedoch schien sich an seinem Schweigen nicht im Geringsten zu stören. »Ich finde das verdammt draufgängerisch von Ihnen, Ihr Leben für einen Morph zu riskieren.«

Der Mann merkte vermutlich nicht einmal, dass er eben etwas ziemlich Rassistisches gesagt hatte. »Was ist das für ein Paket?«, wich David dem Thema aus.

»Oh, verzeihen Sie, Sir.« Der Kurier blickte betroffen drein. »Eine Bestellung bei *Anthrotec* von Miss Ashari auf ihren Namen.«

Bei diesen Worten sah David finster zu der Leopardenfrau hinüber. Diese saß mit gespitzten Ohren in der Küchenecke und spähte erwartungsvoll in Richtung der Tür. Nur schien sie sich nicht zur Tür zu trauen.

»Gut«, sagte er zum Boten und nahm ihm die Lieferung aus der Hand. »Ich danke Ihnen für Ihre Mühen.«

Als sonst nichts kam, verabschiedete sich der Kurier mit herabhängenden Schultern. Kaum war er um die Ecke gebogen, machte die Leopardin einen Satz über das Sofa, gelangte mit zwei federnden Sprüngen zu David und schnappte sich das Paket.

»Warum kaufst du etwas von *Anthrotec*?«, fragte er sie. Dabei gelang es ihm nicht, den Ärger aus seiner Stimme fernzuhalten.

Doch Ashari strahlte ein zauberhaftes Lächeln, das ihn unweigerlich milder stimmte. »Ich habe mir Kleidung gekauft. Die, die ich trage, erinnert mich zu sehr an geflieste Zellen.«

»Nun, das verstehe ich, aber … *Anthrotec*?«

»Ich dachte, ich darf mein Budget ausgeben, wofür ich will?«

»Ja, aber …« Er konnte es nicht glauben, wie naiv sie gehandelt hatte. »Nach allem, was sie dir angetan haben, kaufst du von ihnen auch noch etwas?«

Traurig ließ sie die Ohren sinken. »Ich hatte gehofft, es würde dir gefallen. Sie haben wirklich schöne Kleider.«

In diesem Moment hätte er alles gesagt, nur um sie wieder lächeln zu sehen, denn ihre Niedergeschlagenheit weckte warmes Mitgefühl in seinem Herzen. »Bitte entschuldige, Ashari. Es ist nichts Verkehrtes daran, was du getan hast. Aber denke beim nächsten Mal bitte daran, dass du mit jedem Kauf bei *Anthrotec* auch Miss Randells Gehalt mitbezahlst.«

Hoffnungsvoll und mit einem Abglanz ihrer ersten Freude fragte sie: »Du bist mir also nicht böse?«

Er legte ihr versöhnlich eine Hand auf die Schulter und lächelte aufmunternd. »Wie könnte ich? Ich habe dich doch ermutigt, selbstständig zu handeln.«

Ashari entspannte sich bei seinen Worten und hastete dann mit dem Paket in Richtung ihres Zimmers.

Ihre enorme Erleichterung machte ihm deutlich, wie sehr sie noch von David abhängig war. Auch wenn er ihr nicht als Meister gebot, so blieb sie doch auf sein Wohlwollen angewiesen. Außer ihm hatte sie niemanden auf der Welt.

Entnervt schob er aufkeimende romantische Bilder beiseite, die mit diesem Gedanken einhergingen. Ja, sie hatte nur ihn – und das machte es umso heikler, für sie zu schwärmen. Er würde in Zukunft mehr Rücksicht auf ihre Gefühle nehmen müssen – in jeder Hinsicht.

Solange Ashari sich mit der neuen Kleidung beschäftigte, schaltete er das Globalnet ein und suchte die neuste

Reportage über sich. Er fand den üblichen Schund. Der Sheriff hatte den Parkplatzräuber auf Grund Davids »enorm präziser« Beschreibung heute Morgen festgenommen. *GNN* interessierte sich jedoch eher für Davids »absonderliches Verhalten«, da er sich zwischen Ashari und den Angreifer gestellt hatte. Als die Spekulationen immer abenteuerlicher wurden, schaltete er missmutig ab. Es war nur eine Frage der Zeit, bis die Medien ihren Unterschlupf aufspürten.

Ihr Aufbruch geriet zur Flucht. Gerade, als sie mit ihren Taschen das Haus verließen, tauchte ein Wagen von *GNN* auf. Eine dralle Reporterin, die er nicht kannte, sprang mit dem Mikrofon in der Hand aus dem Auto und gab ihrem Kameramann hektisch Anweisungen, bevor sie auf David und Ashari zustürmte.

Während die Leopardin misstrauisch in Richtung der neuen Menschen blickte, schob er sich, so gut es ging, zwischen sie und die Reporterin. Das erwies sich als vollkommen überflüssig, denn diese schien nicht einmal auf die Idee zu kommen, eine Morph zu interviewen. David antwortete auf die größtenteils beleidigenden Fragen stets mit »kein Kommentar«, während sie die Taschen einluden und sich endlich auf die Sitze gleiten ließen.

Auf der Heimfahrt verspürte er wenig Lust auf jegliches Sightseeing. Ashari sah ebenfalls mit leerem Blick aus dem Fenster. Stattdessen begann sie zunächst schüchtern, dann immer begeisterter vom *Ruf der Freiheit* zu erzählen. Sie schien regelrecht verliebt in die Welt zu sein, die David in seinem Buch gezeichnet hatte. Seine Laune besserte sich schlagartig, denn es freute ihn unsagbar, dass sie mochte, was er schrieb. Sie sprachen rege über jene fernen Reiche und wie schön es doch wäre, dort zu leben.

Als sie ihn vollkommen unbefangen zu der Romanze zwischen der menschlichen Widerstandskämpferin und dem versklavten Gepardenmenschen ausfragte, begannen die Ameisen in Davids Bauch wieder zu marschieren. Sie schien seine Verlegenheit zu spüren, denn sie ließ nicht locker, wenn er beschämt ausweichen wollte. Als sie Atlantic City erreichten, hatte sie ihm längst das Geständnis abgerungen, dass er dazu neigte, seine Träume und Sehnsüchte in seinen Büchern zu verarbeiten. Was eine formschöne Umschreibung dafür darstellte, dass seine erotischen Fantasien in seine Werke einflossen.

Heilfroh, vom Schleudersitz ihrer Aufmerksamkeit zu entkommen, wechselte er den Wagen und weigerte sich die Gebühr für das Absaugen von Asharis Sitz zu bezahlen. Sie haarte nicht ein bisschen und er unterstützte ganz gewiss keine rassistische Schikane.

Auf ihrer letzten Etappe nahm David das Gespräch lieber selbst in die Hand und fragte, wie ihr denn das Thema des Buches gefiel. Ihre Antwort fiel indessen ernüchternd aus. Es wäre ein schönes Abenteuer und sie sei froh, dass die Menschen in der echten Welt nicht so brutal wären wie im Buch – abgesehen von *Anthrotec*.

Das machte David deutlich, dass sie weder begriffen hatte, was Sklaverei bedeutete noch wie grausam die reale Welt mit ihresgleichen umging. Woher sollten solche Gedanken auch kommen? Doch was konnte er tun? Ashari, von *Morph Freedom* als Wunderwaffe gegen eine ignorante Welt auserkoren, las lieber Fantasy und lebte bei einem Herren, der alles für ein schönes Leben tat.

Das Ebenbild

»Na endlich, Dave!« Jason sprach auf der anderen Seite. Wie oft er versucht hatte, David zu erreichen, konnte er nur ahnen.

»Hi Jason«, erwiderte er. »Lass mich raten, du hast die Nachrichten gesehen.«

»Und du?«

»Klar«, log David, während er die Textvariante der neusten *GNN*-Polemik durchblätterte. Eines der Fotos sah gefährlich aus. Ashari hob gerade die schwere Büchertasche in den Kofferraum und wirkte, als würde sie unter der schweren Last zusammenbrechen. »Sieht nicht gut aus«, fügte er hinzu. Ihren Gesichtsausdruck konnte man leicht als gequält bezeichnen – was der Artikel auch tat, wie er feststellte.

»Und da bleibst du so gelassen?« Sein Freund klang häufig angespannt in letzter Zeit.

»Hör zu«, sagte David so ruhig wie möglich. »Ich sitze hier auf der Zielscheibe, nicht du. Die Medien haben schon immer wie die Geier auf uns herumgepickt. Dass es früher oder später so laufen würde, haben wir beide gewusst. Wir müssen jetzt das Beste aus dem Blatt machen, das uns ausgeteilt wurde.«

»Hm«, brummte sein Freund kurz angebunden. Überzeugtsein klang anders. »Wie läuft es mit Ashari?«

Eine berechtigte Frage … *Klasse?*, dachte er mit einem verträumten Lächeln. »Sie hat in Nullkommanichts Lesen gelernt und bekommt allmählich Selbstvertrauen. Also relativ gut«, sagte er.

»Das letzte Mal, als du diese Worte gewählt hast, hat dir dein Agent den Hintern aufgerissen, weil du den Roman in den Sand gesetzt hast«, entgegnete Jason bissig. »Wie läuft es wirklich?«

Ich arbeite nie wieder mit Freunden zusammen, dachte David mit ironischem Grinsen. *Die kennen einen zu gut.* »Wir haben nur ein kleines Problem. Sie ist blitzgescheit, aber durch und durch unpolitisch.«

»Dann ändere etwas daran, Herrgott.« David begann, seine elektronische Post durchzusehen. »Du bist doch so geschickt mit Worten. Mach ihr deutlich, wie abscheulich das ist, was da draußen jeden Tag geschieht.«

»Ich soll sie manipulieren? Ich bin enttäuscht von dir.«

»Dave! Du weißt, was auf dem Spiel steht! Wenn wir nicht …«

»Ich werde ihr nicht unsere Ideologie einpflanzen! Wir waren uns in diesem Punkt einig.«

Lange Zeit sagte der andere kein Wort. David trennte gerade Müll von echten Mails, als eine Nachricht seine Aufmerksamkeit erweckte: Club prominenter Morph-Liebhaber. Gefolgt von einem kurzen Text: Sehr geehrter Mister Blake. Aus gegebenem Anlass erachten wir Sie als würdige Ergänzung für unseren exklusiven Club berühmter Morph-Halter. Wenn auch Sie die vielen Missverständnisse um Ihre Rolle als Meister eines Morphs Leid sind, finden Sie bei uns verständnisvolle Leidensbrüder und –schwestern für den angeregten Gedankenaustausch. Bei Interesse antworten Sie bitte …

»Bist du noch da?«, unterbrach ihn Jason.

»Klar«, antwortete er. »Aber du warst dran.«

Sein Freund schnaubte. »Du musst etwas unternehmen, verdammt.«

Davids Finger wollte gerade eine Geste in die Luft zeichnen, um die Mail zu löschen, als er zögerte. Er würde Ashari auf keinen Fall indoktrinieren. Jedoch gab es vielleicht einen Weg, ihr die Augen zu öffnen. »Ich habe da eine Idee …«

Als sie die von Pappeln gesäumte Allee des fürstlichen Anwesens entlangfuhren, auf dem das Treffen stattfinden sollte, beobachtete Ashari alles wie immer mit grenzenloser Neugier. Ihre Augen funkelten lebendig in der Abendsonne, aber David machten sie traurig. Am liebsten wäre er umgedreht.

»Wie wundervoll das alles ist!«, staunte sie. »Hier muss ein wahrer König leben.«

»Monarchen wurden in Amerika vor dreihundert Jahren abgeschafft«, erklärte er. »Was du siehst, gehört nur einem erfolgreichen Musiker. Seit die Menschen Abermillionen Dollar für seinen Mist bezahlen, nennt er sich Justin Fawkes. Soll wohl ‘ne Anspielung auf die üppige Pyrotechnik seiner Konzerte sein.«

Ashari blickte ihn verständnislos an und er winkte lächelnd ab. »Schon gut. Du musst nur wissen, dass er ein Schnösel und dein schönes Kleid viel zu schade für seine Gesellschaft ist.« Tatsächlich trug sie ein körperbetontes, grün schattiertes Abendkleid, von dem sie sich nicht hatte abbringen lassen, seit sie wusste, dass sie eingeladen waren. Doch sie sah durch und durch bezaubernd darin aus.

Endlich erreichten sie das Landhaus – ein Nachbau englischer Adelshäuser im viktorianischen Stil. Ein menschlicher Diener eilte herbei, um Davids Wagen einzuparken, und auf der Treppe wartete ein waschechter Butler, um sie willkommen zu heißen. Er führte sie durch prunkvolle Flure und Räume, kommentierte ungefragt Gemälde von Konzerten seines Herrn und Ashari kam aus dem Staunen nicht mehr heraus. Schließlich folgten sie ihm in ein mit Tropenholz getäfeltes, geräumiges Kaminzimmer, in dem sich alle Anwesenden – in lockeren Runden plauschend – neugierig in Richtung der Neuankömmlinge umdrehten. Justin Fawkes, der wie immer jenseits des guten Geschmacks grell und hauteng angezogen war, fiel unweigerlich ins Auge.

»Ladys und Gentlemen!«, rief er und machte eine dramatische Pause. »David Blake!«

Höflicher Applaus ertönte, während Fawkes zu David eilte, um ihm überschwänglich die Hand zu schütteln. »Es ist mir eine Freude.« Mit begierigen Blicken musterte er Ashari von Kopf bis Schwanzspitze, bevor er kurz in die Hände klatschte und in die Mitte des Raumes schritt. Eine Schneeleopardin huschte herbei und reichte ihm auf einem Tablett ein Glas Champagner, das er achtlos ergriff und zu einem Trinkspruch erhob.

»Die Höflichkeit würde es gebieten, dass wir uns bekannt machen, aber das ist ja Gott sei Dank nicht nötig.« Selbstgefälliges Lachen aus vielen Mündern. »Wir alle wissen, wie sehr die Medien David – ich darf dich doch so nennen – in den letzten Tagen zugesetzt haben. Wir alle wissen, wie es ist, wegen unserer Morphs angegriffen zu werden, und fühlen mit dir.« Zustimmendes Gemurmel.

Die Schneeleopardin versorgte in der Zwischenzeit alle anderen menschlichen Gäste ebenfalls mit Champagner.

»Sie sind gierige Bluthunde, diese Reporter! Nur ihrer Quote und nicht der Wahrheit verpflichtet. David prangern sie an, weil er sich zunächst gegen den Handel mit Morphs gestellt hatte. Tony dort hinten …« Der bekannte Moderator und Entertainer verbeugte sich in Richtung der Gäste. »… wurde durch den Dreck gezogen, weil es einen bedauerlichen Unfall mit seiner ersten Dienerin gegeben hat. Bei mir wollten sie einen Skandal daraus machen, dass mein Löwenwächter einem närrisch gewordenen Fan beinahe das Genick gebrochen hätte.« Mit übertrieben wehleidiger Miene schüttelten Fawkes und einige Gäste mit ihm den Kopf.

David tat es ihnen aus anderen Gründen gleich. Er wusste, was wirklich nach dem Auftritt des Musikers geschehen war. Der Löwenmann hatte einen psychotischen Schub erlitten und war mit blanken Krallen auf Fans losgegangen, die ihn bedrängt hatten. Experten bescheinigten damals übertrieben harte Konditionierung als Ursache.

»Meine Freunde.« Fawkes sah sich rührselig um. David fragte sich befremdet, ob er seinem eigenen Possentheater glaubte. »Wir stehen in einer langen Tradition. Ich erinnere an die immer wiederkehrenden Pelzskandale. Oder das Thema Kongo-Diamanten. Aktienbeteiligungen an Biowaffenfirmen. Jetzt sind es die Morphs.

Die Wahrheit ist …« Er hob belehrend den goldbeschwerten Zeigefinger. »… dass die Gesellschaft von uns verlangt, tadellose Lichtgestalten zu sein. Und warum? Weil die Menschen von sich selbst abgelenkt sein wollen. Man braucht sich nur anzuschauen, wie viele Amerikaner aus allen Schichten jährlich in Morph-Bordellen einkehren!«

»Hört, hört!«, rief die Schauspielerin Antonia Baldwin, deren Zunge für diese frühe Abendstunde erstaunlich schwerfällig klang.

Justin Fawkes wandte sich wieder an David und prostete ihm verständnisvoll zu. »Oder kurz gesagt: Wir alle haben unser Kreuz zu tragen, weil wir eine Vorliebe für Tiermenschen pflegen. Doch gemeinsam sind wir stark. Willkommen, David!«

»Willkommen!«, riefen die anderen Prominenten mit erhobenen Gläsern. Ihre Diener verneigten sich demütig. Die Menschen tranken einen Schluck und blickten David dann erwartungsvoll an.

Er räusperte sich und musste an sich halten, nicht etwas Bissiges von sich zu geben. Stattdessen wählte er Worte, bei denen sich jeder seinen eigenen Teil zusammenreimen konnte. »Vielen Dank für das warme Willkommen. Die Medien können wohl kaum beurteilen, was hinter den Türen unserer Häuser geschieht. Es ist viel zu viel Spekulation im Spiel.«

Nach höflichem Applaus ließen sich die Versammelten in gediegene Ohrensessel nieder, die um den Kamin herum ein Hufeisen aus fünfzehn Plätzen bildeten. Wie selbstverständlich nahmen die Diener neben ihren Herren auf dem Boden Platz oder stellten sich in Demutshaltung hinter sie.

David sah Zornesfalten auf Asharis Stirn und erkannte ihr typisches Lauern auf das, was er nun tat. Also gab er vor, wegen seiner schmerzenden Knochen lieber am Kamin stehen zu wollen. Ihr dankbarer Blick war Lohn genug.

»Tony, was ist denn mit deiner Dienerin passiert?«, wollte Fawkes beiläufig wissen und deutete auf dessen Wolfsfrau. Ihr rechter Unterarm lag in einer Schiene. »Ich hoffe, wer auch immer das war, ist gut versichert.«

Tony antwortete nicht direkt. »Ich bin nicht der Einzige hier, der eine untrainierte Dienerin gekauft hat, oder?«

David und drei andere nickten. Er fragte weiter: »Habt ihr nicht gleichfalls die Erfahrung gemacht, dass der Effekt des Armbandes auf Dauer … unzureichend ist?«

»Oh ja, die Dinger haben ihre Grenzen«, stimmte eine B-Prominente zu, die nur zu Ruhm gelangt war, weil sie sich als designierte Milliardenerbin eines Softwareunternehmers permanent danebenbenahm. »Ich hatte so meine Probleme damit, meinen Morph zu erziehen. Ich glaube, das ist Absicht. Man soll die Upgrades kaufen.« Sie tätschelte dem schwarzen Panthermann neben sich den Kopf. »Sie funktionieren jedenfalls erstklassig.«

»Es gibt verbesserte Versionen?«, horchte jemand auf. Es klang, als fragte er nach einer neuen App für sein Globalnet. »*Morph Biotics* bietet so etwas nicht an.«

Die B-Prominente sah zu ihrem Diener hinab. »Streck deine Hand aus.« Willenlos wurde der Befehl befolgt. »Die Schmerzen können damit lokal ausgelöst werden. Sie sind wesentlich stärker, aber durch die Konzentration auf die einzelnen Körperzonen setzt keine Abstumpfung ein.« Sie drückte auf ein Sensorfeld an ihrem Armband und die Hand des Panthers verkrampfte sich schlagartig derart heftig, dass die Gelenke knackten.

David hörte ein Knurren neben sich und konnte Ashari gerade noch mit einem Kopfschütteln davon abhalten, etwas Dummes zu tun.

»Ich sehe, du hast deine Dienerin noch nicht lange«, sagte Tony mit einem breiten Grinsen. »Lass dir gesagt sein, dass die Furcht vor physischen Folgeschäden wesentlich effektiver ist als das.« Er nickte in Richtung des Upgrade-Armbandes, über das sich nun einige der Gäste angeregt unterhielten.

»Oh, ja«, bestätigte der korpulente Startenor Salvatoni. »Meine Kleine hier …« Er deutete auf eine Leopardin, die Ashari erschreckend ähnlichsah. »… war anfangs ein wenig bissig. Jetzt ist sie zahm wie ein Lamm. Zeig uns dein Lächeln, Kleine.« Pflichtbewusst präsentierte seine Dienerin ein ebenso formvollendetes wie freudloses Gesellschaftslächeln.

David zuckte unweigerlich zusammen. Ihre Reißzähne fehlten.

Er hatte sich auf barbarisches Verhalten gefasst gemacht, doch übertraf diese ignorante Grausamkeit seine schlimmsten Erwartungen. Deutlich spürte er Asharis Angst vor diesen Menschen.

»Ist noch niemand auf die Idee gekommen, auf Schmerzen zu verzichten?«, fragte er ungläubig.

»David, mein Freund«, brummte Salvatoni väterlich. »Du bist hier unter Gleichgesinnten. Du brauchst hier nicht deine Sprüche für die Medien aufsagen.«

»Ich glaube vielmehr, dass er damit etwas ganz anderes sagen wollte«, gab eine Hollywoodgröße schlau tönend zum Besten. Mit seiner schmächtigen Statur und dem fiebrigen Blick wirkte er jedoch vielmehr wie ein Psychopath aus einer seiner Rollen. »Er ist Schriftsteller, ein Mann des Geistes. Ich denke, er arbeitet mit subtileren Methoden.«

Selbst die über das neue Armband diskutierenden Gäste unterbrachen ihr Gespräch und blickten neugierig zu ihm hinüber. Sichtlich die Aufmerksamkeit genießend, kostete er sein nächstes Wort besonders aus: »Kunststückchen.«

»Bitte?« David glaubte, er hätte sich verhört.

»Ich habe mit Kunststückchen angefangen. In der Tat ist der einzige Widerstand, den man bei der Erziehung eines Morphs brechen muss, sein Selbstwertgefühl. Für den Anfang sind Kunststücke eine prima Sache.« Er stieß die Fuchsfrau, die neben ihm kauerte, mit dem Ellbogen an. »Big Ben«, sagte er und gehorsam bellte seine Dienerin die weltbekannte Melodie des Palace of Westminster. Gutmütig wie ein pädophiler Onkel tätschelte der Schauspieler den Kopf seiner Morph, die dankbar hechelte. Ein weiteres einstudiertes Verhalten, das viele Gäste zum Lachen brachte.

David beschloss in dieser Sekunde, in seinem nächsten Roman einen Hollywoodstar eines grausamen Todes sterben zu lassen. Er traute sich kaum, zu Ashari hinüberzublicken, die neben ihm stehend voll trauriger Hilflosigkeit die Szene verfolgte.

»Sie kann auch Apportieren und Rollen machen«, ereiferte sich Mister Hollywood. »Später kommen andere … Übungen. Ich würde sie ja gern vorführen, aber es sind Damen anwesend und ich hatte heute schon Sex.«

Brüllendes Gelächter seitens der versammelten Männer erfüllte den Raum – David ausgenommen. Am liebsten hätte er sich gleich hier vor dem Kamin übergeben. Als das Lachen endlich abebbte, fragte der Schauspieler mit tränennassen Augen: »Welche Kunststücke kann denn Ihre Morph, David?«

Ashari knurrte so bedrohlich, wie er es nie zuvor erlebt hatte. Das Fell auf ihrer Schnauze warf Zornesfalten, als sie die Fangzähne entblößte und es fehlte nicht viel, dass sie den Widerling ansprang.

»Sie kann lesen«, antwortete er trocken und einige Fehlzündungen von Lachern versackten in irritiertem Schweigen. Davids Augen fanden Asharis. Er hatte sie noch nie so flehend blicken sehen. Unmerklich nickte er ihr zu und beruhigte sie damit ein wenig.

»Hat sich eigentlich auch nur *einer* der hier Anwesenden mal gefragt, ob es moralisch verwerflich ist, was sie tun?«

»Jeden Tag, mein Freund«, gab Fawkes nonchalant zurück. »Die Antwort ist einfach: Morphs sind genetische Konstrukte. Eine weitere Erfindung in der Geschichte der Menschheit. Biologische Maschinen.« Er beugte sich vor und musterte David eindringlich. »Wir haben sie geschaffen. Wir können über sie verfügen.«

»Sagen Sie, Tony«, wandte er sich an den Moderator. »Haben ihre Kinder auch Schmerzimplantate oder brechen sie ihnen einfach etwas, wenn sie nicht spuren?«

»Das kann man …«

»… sehr wohl vergleichen«, schnitt David ihm aufgebracht das Wort ab. »Von Ihnen geschaffen und nach Ihrem Vorbild ›konstruiert‹.«

»Jetzt hör mal zu!«, erboste sich Mister Hollywood. »Was soll das denn?«

»Ich habe genug gehört. Meine Damen, meine Herren, sie widern mich an.« David spuckte auf den Boden. »Komm, Ashari, wir gehen.«

Vorbei an vierzehn glotzenden Augenpaaren verließen die beiden das Zimmer, ohne sich noch einmal umzudrehen. Die Stimme der B-Prominenten verfolgte sie durch die Tür. »Ein absonderlicher Kerl. Gibt seiner Morph einen Namen. Hat man das schon mal gehört?«

David wünschte sich, Ashari würde lauthals fluchen, diese Perversen als Schweine beschimpfen oder ihnen die Krätze an den Hals wünschen. Doch sie starrte nur zutiefst erschüttert durch die Frontscheibe ins Leere. Der Schmerz, den ihr die unsagbare Kaltherzigkeit der Clubmitglieder und das Leiden ihrer Artgenossen zugefügt hatten, stand ihr ins Gesicht geschrieben.

David litt mit ihr. Zu seinem schmerzenden Mitgefühl, das er seit jeher für die unterdrückten Morphs gehegt hatte, kam die Bitternis, Ashari verletzt zu haben. Wenn es in seiner Macht läge, dann würde er die Zeit zurückdrehen und diese verdammte Einladungsmail löschen.

Es mochte notwendig sein, ihr die Augen zu öffnen. Sie würde nie wahrhaft frei sein, solange sie nicht reif für die Welt um sie herum sein wurde. Doch war es fair, ihr ungefragt diese Last aufzubürden – und den damit einhergehenden Schmerz?

Er ertrug ihr Leiden nicht. Schwermütig blickte er immer wieder zu ihr hinüber und jedes Mal machte ihr Gram ihn noch trübsinniger.

Als sie endlich, nach schweigsamer, nächtlicher Fahrt das Haus betraten, konnte David die Last seines Gewissens nicht mehr tragen. Dafür hatte er die Leopardin einfach zu lieb gewonnen.

»Ashari …« Ihre Augen glichen aufgewühlten, düsteren Seen und unter der Oberfläche stieg etwas empor, das er bisher übersehen hatte: Zorn. »Ich bitte dich, vergib mir, dass ich dich zu diesem Treffen gebracht habe. Ich …« Er holte tief Luft. »Ich habe geahnt, was uns dort erwartet. Was dich dort erwartet.«

»Warum hat er ihr das angetan, David?« Ein Schluchzen entkam ihrer Kehle, das sie noch versuchte hinunter zu schlucken. »Wie konnte er ihr die Zähne ausbrechen?« Tränen rannen stumm ihre Schnauze hinab. »Hast du gesehen, wie ähnlich sie mir sah? Sie hatte sogar meine Augenfarbe!« Das letzte Wort schrie sie beinahe hinaus und ballte die Hände vor Wut und Trauer zitternd zu Fäusten. »Wieso hat er ihr das angetan? Wieso?« Mit einem gequälten Aufschrei hämmerte sie auf seine Brust ein. »Wieso, wieso?«

Erschrocken hielt sie inne, starrte erst auf ihre Hände, dann zu ihm.

»Ist schon gut«, sagte er sanft. Es fühlte sich durch und durch richtig an, den Schmerz mit ihr zu teilen. »Lass es raus.«

Sie schluchzte auf. »Verstehst du nicht, David? Ich hätte sie sein können! Er hätte nur mich an ihrer statt kaufen müssen. Und du sie an meiner.«

Hilfesuchend schmiegte sie sich an ihn und vergrub ihr Gesicht in seinem Hemd. Tränen drangen durch den Stoff und benetzten heiß seine Haut. Behutsam nahm er sie in die Arme. Beruhigende Laute vor sich hin brummelnd streichelte er ihren Kopf, so sanft er nur konnte.

Eine kleine Ewigkeit standen sie so auf der Schwelle des Hauses und er lauschte zerrissenen Herzens ihren

Tränen. Als sie irgendwann gähnte, wusste er, dass sie das Schlimmste überstanden hatte.

»Es tut mir unendlich leid, Ashari«, brachte er mit zugeschnürtem Hals heraus. »Ich hätte nicht mit dir dorthin fahren dürfen.«

Sie trat zurück und wischte sich grimmig über die Augen. »Es macht keine ihrer Taten ungeschehen, wenn ich unwissend bin.« Ihre Kiefer mahlten. »Ist diese Welt derart verkommen und ohne Hoffnung für meinesgleichen?«

Bei all der Schwermut musste David über ihre tapfere Miene lächeln. »Nein und nein. Was wir im Hause Fawkes' erlebt haben, ist geballte Bösartigkeit. Ich weiß nicht, was solch berühmte und erfolgreiche Menschen dazu treibt, derartigen Perversionen zu verfallen, aber ich versichere dir, dass nicht alle Morph-Hal… nicht alle Menschen mit einem Morph so grausam sind. Viele von ihnen begnügen sich damit, einen gehorsamen Sklaven zu haben.«

»Das macht es nicht besser!«, entgegnete Ashari trotzig. »Für sie hat nur *Anthrotec* die Drecksarbeit erledigt.«

Eigentlich sollte er sich in diesem Moment freuen. Sie hatte begriffen und erkannt, wie sich die Welt drehte, in die man sie gestoßen hatte. Doch sie sah aus wie das lebende Elend. Kämpferisch zwar, so wie er sie kannte, doch war das Fell ihrer Schnauze tränenverklebt und in ihre Augen hatte tiefste Erschöpfung Einzug gehalten.

»Was ist mit dem anderen ›nein‹?«, fragte sie beinahe gierig.

»Es gibt Hoffnung, Ashari. Es ist an dir, ob du dich mit einem gemütlichen Leben zufriedengibst oder dich zum Kampf erhebst.«

»Kämpfen?« Ungläubig blickte sie auf ihre Hände hinab. »Ich allein soll gegen all das kämpfen?«

»Du bist nicht allein. Und auch nicht gegen alles. Aber ich bin sicher, dass es Dinge gibt, die du tun kannst. Vor der Tat kommt der Gedanke.«

»Du meinst … Wissen ist Macht?«

Er nickte ernst über seine eigenen Worte, die sich aus ihrem Munde auf einmal hohl anhörten. »Zumindest macht Nichtwissen machtlos. Das hast du selbst erkannt.«

Wieder sah sie ihn lauernd an. *Wie eine Leopardin auf der Pirsch.* »Womit soll ich anfangen?«

»Du hattest dir einmal das Wort ›Sklaverei‹ aufgeschrieben …«

»Im Globalnet steht, Versklavung bedeutet, einen Menschen seiner Freiheit zu berauben und ihn als Sache und als Eigentum zu behandeln«, zitierte sie und stutzte. »Das wird der ganzen Wahrheit nicht gerecht.«

David nickte. »Und die Geschichte wiederholt sich. Immer und immer wieder. Du kannst aus ihr viel lernen.«

Sie gähnte herzhaft. Reißzähne blitzten auf und Krallen streckten sich. »Nicht mehr heute.«

Orientierungslos erwachte David aus einem befremdlichen Traum mit einer endlos großen Scheune. Abgesehen vom fahlen Mondlicht gab es nur die dunkelste Nacht und er fühlte sich kein bisschen erholt. War es ein Geräusch, das ihn geweckt hatte? Erschöpft schloss er die Augen wieder und lauschte. Nichts außer dem Rauschen der Bäume, welches durch das geöffnete Fenster drang.

Unweigerlich drängten sich die Bilder des vergangenen Tages in seinen Kopf. Das reißzahnlose Lächeln und Asharis Sturmseeaugen vermischten sich zu einer stummen Anklage.

Grummelnd drehte er sich auf die andere Seite. Dann stutzte er. Hatte er eben ein Atmen gehört? Seine Augenlider gehorchten ihm nur schleppend, während er über die Bettkante spähte. Auf dem Teppich lag zusammengerollt Ashari in einer Art Pyjama und sah zum ihm hoch.

»Was machst du da unten?«, murmelte er verschlafen.

»Ich …«, fing sie zögerlich an und schwieg dann eine Weile. »Soll ich wieder gehen?«

Ihm entging das leichte Zittern in ihrer Stimme nicht. »Hattest du Albträume?«

Sie nickte schwach. »Ich wollte nur nicht allein sein.« David antwortete nicht sofort und sie fuhr hastig fort: »Ist das kindisch?«

Gutmütigen Herzens schüttelte er den Kopf. »Nur verständlich.«

»Also kann ich hier liegen bleiben?«

»Unsinn«, brummte er und rutschte auf die andere Seite des geräumigen Bettes. »Hier ist Platz genug für zwei.«

Doch die Leopardin rührte sich keinen Millimeter. Schulterzuckend schloss David die Augen, kam aber nicht umhin, angespannt zu lauschen. Was sich als sinnloses Unterfangen erwies. Ashari bewegte sich absolut lautlos und nur die Erschütterungen der Matratze verrieten, dass sie auf das Bett kletterte.

Seine Augen tränten vor Müdigkeit, als er sie ein letztes Mal aufzwang. In der Mitte hätte noch bequem eine dritte Person liegen können, doch brachte sie ihm unglaubliches Vertrauen entgegen. Gähnend schob er eine Hand unter der Bettdecke hervor und legte sie als Angebot zwischen Ashari und sich. »Wenn du wieder Albträume hast, kannst du mich gern wecken.«

Er hätte sie am liebsten bis zum Morgengrauen unentwegt angesehen, die filigrane Fellzeichnung ihres Gesichts im Mondenschein betrachtet und die Form ihrer Ohren bewundert. Doch eher er es sich versah, fielen seine bleischweren Lider zu. Während David selig in den Schlaf hinabglitt, spürte er noch, wie sich Asharis Finger um die seinen schlossen.

Zu vorgerückter Morgenstunde – die Sonne stand bereits höher am Himmel – erwachte David erfrischt und mit ungewohnt guter Laune. Von Ashari jedoch fehlte jede Spur. Also pfiff er beschwingt ein Liedchen und folgte seiner Morgenroutine, verzichtete jedoch auf seine über die Jahre vervollkommnete Morgenmuffeligkeit.

Als er das Bad verließ, stutzte er. Asharis Zimmertür stand offen, doch weder dort noch im Arbeitszimmer konnte er sie finden. Vielleicht mied sie die großen Fenster, weil ein ganzes Rudel Reporter draußen auf der Lauer lag.

Viel zu frohgemut für schwere Gedanken schlenderte er hinab in die Küchenecke und durchsuchte den Kühlschrank nach brauchbaren Zutaten für ein Zauberfrühstück.

Erst als er sich daran machte, Äpfel in kleine Stückchen zu schneiden, bemerkte er die Leopardin. Hochkonzentriert hockte sie vor dem großen Bildschirm des Globalnet auf dem Teppich. Ihre Augen wanderten eifrig hin und her.

»Guten Morgen«, begrüßte David sie und schmunzelte, da sie sich nur widerwillig von ihrer Lektüre trennte, um ihn anzusehen. »Gut geschlafen?«

Ein durch und durch sonniges Lächeln huschte über ihr Gesicht. »So gut wie noch nie in meinem Leben.« Dann senkte sie verlegen den Blick und wandte sich rasch wieder dem Terminal zu.

Nach den Äpfeln kam er zu den Bananen und als er zu den Mangos überging, meinte Ashari wie aus weiter Ferne: »Ich verstehe die Menschen nicht. Ihre Geschichte ist eine endlose Wiederholung. Wieso lernen sie nicht?«

»Du meinst die Sklaverei?«

»Wie oft habt ihr versucht, sie abzuschaffen, und seid nach ersten Erfolgen wieder dazu zurückgekehrt?«

David mengte Rosinen in den Obstsalat und stellte eine Pfanne auf den Herd. »Nicht oft genug, wenn ich mir die Welt im Augenblick anschaue. Es ist nicht einmal zehn Jahre her, dass wir endlich weltweit Zwangsprostitution in den Griff bekommen und abgeschafft haben.« Er warf Pinienkerne in den sich erhitzenden Tiegel. »Neun, um genau zu sein.«

Ashari schüttelte missbilligend den Kopf. Zwar schnupperte sie daraufhin, nahm jedoch nicht eine Sekunde die Augen vom Schirm.

Erst als David ihr das fertige Frühstück brachte – überzogen mit einer warmen Vanillesauce und garniert mit Walnusshälften – schenkte sie ihm ihre volle Aufmerksamkeit.

Lächelnd griff sie nach ihrer Schüssel. Als dabei ihre Hände kurz über die seinen glitten, kribbelte seine Haut wie unter Strom. »Vielen Dank, das ist lieb«, sagte sie sanft und hing noch einen Moment an seinen Augen, bevor sie sich wieder dem Schirm zuwandte.

David, der nicht wusste, was ihn da gerade getroffen hatte, vermied jeden Blick in Richtung Globalnet. Stattdessen pflegte er sein Hochgefühl in einem abgewandten Sessel, während er den leckersten Fruchtsalat seines Lebens genoss.

Die folgenden Tage waren durchzogen von jener Magie, die Ashari um David webte. Es gab kleine Berührungen, wie zufällig, die ihn unerwartet elektrisierten und mit einer seligen Unbeschwertheit zurückließen. Auf der anderen Seite wich sie derart spielerisch seinen Versuchen aus, ihr näherzukommen, dass es beinahe den Anschein erweckte, er würde sich alles nur einbilden.

Doch Ashari schien glücklich zu sein und lächelte viel. Selbst die erschreckendsten Bilder aus dem Globalnet verfinsterten ihr Gemüt schlimmstenfalls mit einer leichten Traurigkeit, als würde an einem Frühlingstag ein Wolkenschatten über sie gleiten.

Sie verschlang die Ansichten Platons und Karl Marx' zur Sklaverei ebenso wie die Sklavenaufstände der Römischen Republik und Nordamerikas mit einem Eifer, der an Hunger grenzte. Ashari war begierig nach Gedanken, welche Stärke für die Schwachen versprach.

Alles lief, wie Jason es sich erhofft und David sich erträumt hatte. Bis zu dem Tag, an dem das zarte Glück zusammenbrach.

Nur eine Morph

Seit Jason Fuller ihn das zweite Mal unschön überrascht hatte, ließ David alle Artikel und Berichte über ihn und Ashari durch einen Alarmbot melden. So kam es, dass er am frühen Morgen als Erstes fassungslos jenen Worten lauschte, die *GNN* in der neusten Reportage zum Besten gab:

»Hier ist Julia Peterson für *GNN* mit einer weiteren exklusiven Enthüllung in dem sich ausweitenden Skandal um den Bestsellerautoren David Blake. Wurden bisher alle Berichte über den Morph-Kauf des bekannten Autors als eine seiner Schrullen abgetan – seine Affinität zu den Tiermenschen war seit Jahren kein Geheimnis – hat sich nun das Blatt gewendet.

Eben erreichten uns Insiderinformationen, die belegen, dass David Blake das seit Jahren geheimnisumwitterte fünfte Gründungsmitglied *Morph Freedoms* ist. Das rückt alle bisherigen Ereignisse in ein vollkommen neues Licht.

Die Glaubwürdigkeit der Schutzorganisation zur Stärkung der Rechte anthropomorpher Wesen wird damit Lüge gestraft. Nach der herben Enttäuschung, die Blake seinen Fans mit dem Kauf einer Morph bereitete, ist dies ein schwerer Schlag für alle Mitglieder der Organisation.

Außerdem wirft das die Frage auf, wieso ein ehemaliger Gegner der Morph-Haltung nun …«

Mit einer zornigen Geste fegte David den Bericht beiseite und wählte Fullers Nummer. Es dauerte keine Sekunde, bis die Verbindung stand.

»Jason, was ist das für eine Sauerei?«

»Nun mach mal halblang«, bremste dieser ihn, jedoch konnte David seine Anspannung deutlich hören. »Diesmal ist unser dickes Fell gefragt.«

»Hier geht es nicht nur um die Organisation, auch wenn das ein echtes Problem ist. *Anthrotec* ist nicht dumm und die anderen Giganten ebenso. Die schlucken doch nicht den Blödsinn über ein abtrünniges Gründungsmitglied, sondern werden bald eins und eins zusammenzählen.«

Sein Freund schien zu begreifen, denn er schwieg betroffen. Sobald die Genkonzerne erst einmal verstanden, warum David eine Morph gekauft hatte, warum sie in seinem Arbeitszimmer gesessen und warum sie pfundweise Bücher geschleppt hatte, würde Ashari nicht mehr sicher sein. Es gab böse Gerüchte über einen Killswitch, der in jeden Tiermenschen implantiert würde.

»Sobald sie erst einmal in die Öffentlichkeit tritt, haben wir es überstanden. Dann hat *sie* es überstanden«, versuchte sein Freund ihn zu beruhigen.

Das mochte stimmen. Wenn die Gen-Konzerne etwas weniger gebrauchen konnten als einen aufrührerischen Morph, dann war es ein Märtyrer. Aber dennoch … David schüttelte schwermütig den Kopf. Es war nicht richtig. Weder Jason noch er hatten das Recht, Ashari ungefragt einem solchen Wagnis auszusetzen. Die Leopardin war die Einzige, die entscheiden durfte, ob sie den Weg des Widerstands ging oder nicht.

»Was ist mit der Alternative?«, fragte David.

»Eine Operation?« Sein Freund zögerte zwar nur kurz, aber zu lange, um ihn zu täuschen. »Das würde gehen.«

»Du hast dich noch nicht nach einem Experten für Implantat-Chirurgie umgesehen«, stellte er bitter enttäuscht fest.

»He, so etwas war nicht vorgesehen!«, rechtfertigte Jason sich. »Der Plan war, sie in die Medien zu bringen. Wer kann denn ahnen, dass einer aus unseren Reihen so einen Mist verzapft.«

»Jason«, sagte David ruhig. Er wusste, es würde seinem Freund und Mitstreiter nicht gefallen, was er jetzt sagte. »Ist dir schon einmal in den Sinn gekommen, dass Ashari das alles nicht wollen könnte?«

Ungläubiges Schweigen machte sich in der Leitung breit, gefolgt von: »Wovon zum Teufel sprichst du?«

»Du müsstest sie erleben. Sie macht fantastische Fortschritte und trotzdem bereue ich es, dass ich sie hin und wieder in unsere Richtung schubse. Sie ist voller Lebensfreude und sehnt sich nur nach einem ruhigen, normalen Leben. Es tut mir in der Seele weh, dass wir sie behandeln, als hätte sie nichts zu sagen.«

»Sag mal, Dave … Das letzte Mal, als du so geklungen hast, warst du bis über beide Ohren verliebt.« Sein Freund schien sich nicht entscheiden zu können, ob er sauer oder belustigt sein sollte.

»Das tut nichts zur Sache«, behauptete David und fühlte sich dennoch ertappt. »Ashari hat das Recht, selbst zu entscheiden. Und bis sie so weit ist, will ich nicht jeden Moment Angst haben müssen, dass ein Mistkerl bei *Anthrotec* auf dumme Gedanken kommt. Besorge mir einen Chirurgen. Bis morgen.«

»Dave! Jetzt komm bitte mal wieder zu Verstand! Wir können sie nicht so ohne weiteres handeln lassen, wie es ihr beliebt. Du weißt, was auf dem Spiel steht!«

»Jason …«

»Nichts ›Jason‹«, brummte dieser. »Spar dir deine romantischen Anfälle für später auf und denk daran, was zu tun ist! Wenn Bilder in Umlauf kommen, auf denen ihr rumknutscht, ist unser Plan im Eimer. Das Wohl aller Morphs hängt von euch beiden ab. Versau es nicht.«

An diesem Tag erschien Ashari David besonders ausgelassen und ihr Lächeln, das sie ihm immer wieder schenkte, war voller Wärme. Dennoch vermochte er nicht, froh zu werden. Das Gespräch mit Jason lastete ihm wie ein Fels auf dem Herzen und die Angst, die Leopardin könnte Opfer ihres Implantates werden, schnürte seinen Hals zu.

So verwunderte es ihn auch nicht, dass die Stunden im Schreibzimmer zäh und unfruchtbar dahinkrochen, bis die Dämmerung sich über den Garten vor dem Fenster legte. Frustriert starrte er den neu angefangenen Abschnitt seines Romans an, der mehr aus Korrekturgekritzel als aus Wörtern bestand.

»Warum schaust du heute so finster?« Geräuschlos wie immer stand Ashari plötzlich neben ihm und sah mitfühlend auf ihn herab.

Er seufzte schwer und warf den Stift auf das Papier. »Etwas ist gewaltig schiefgelaufen. Das alles ist einfach nicht richtig!«

Neugierig beugte sie sich über seine Schulter, um das Geschriebene zu betrachten. Ein Feuerstoß fuhr ihm vom Bauch in die Lunge, als ihre Brust dabei seinen Oberarm streifte. Das lospreschende Hämmern seines Herzens verjagte im Nu alle dunklen Gedanken. »Ich mag diesen Satz da.« Sie deutete auf den einzig unkorrigierten und lächelte.

Die Nähe ihres Gesichts, ja ihrer Lippen war berauschend. Umso schwerer fiel ihm eine ehrliche Antwort, denn er war entschlossen, die Wahrheit nicht länger zu verbergen. »Es geht nicht um das Schreiben. Ich ... mache mir Sorgen um dich.«

Geschmeidig ging sie neben ihm in die Hocke, so dass sie auf seine Augenhöhe gelangte, und sah ihn derart eingehend an, dass er das Gefühl hatte, sie würde in ihn hineinblicken.

»*GNN* hat herausgefunden, dass ich Mitgründer *Morph Freedoms* bin.« Ashari nickte nur. »Ich habe Angst, dass *Anthrotec* ...« David sah in die tiefgrünen Seen ihrer Augen, in denen nun unleugbar das schimmerte, was er sich insgeheim ersehnt hatte: tiefe Zuneigung. Das schnürte ihm mehr als alles andere die Kehle zu und es kostete ihn enorme Kraft, fortzufahren: »Ich habe Angst, dass *Anthrotec* dich ...« Er hielt ihrem Blick nicht länger stand und senkte den seinen. »... töten könnte.«

»Warum hast du Angst um mich?« Sie ließ seine Augen wieder zu ihren finden. Es gab in diesem Moment nur diese eine Frage und ihre tiefgrünen Seen.

»Ich will nicht, dass sie dich töten!«, platzte es aus ihm heraus. »Ich will dich nicht verlieren, weshalb denn sonst?«

»Wieso?« Sie lächelte traurig.

»Ist das so schwer zu verstehen?«, fragte er enttäuscht und er kam sich auf einmal närrisch vor. Hatte er sich in den letzten Tagen alles nur eingebildet? »Erst jetzt, da du bei mir wohnst, fällt mir auf, wie still es zuvor in diesem Haus war. Ich freue mich plötzlich wieder auf den nächsten Morgen, weil ich weiß, dass du da sein wirst und wir gemeinsam frühstücken. Es erfüllt mich mit Freude, dir jeden Tag dabei zuzusehen, wie du ein bisschen mehr von *Anthrotec* hinter dir lässt. Es rührt mein Herz, dich endlich lächeln zu sehen. Ich …« Erschrocken hielt er inne. Er hatte geplappert wie ein Wasserfall und Ashari sah ihn neugierig an. »Ich bin froh, dass du in mein Leben getreten bist. Darum will ich nicht, dass man dir etwas antut.«

Sie schmunzelte verschmitzt und er fühlte sich ertappt. Beschämt sah er seine Knie an. Was sollte sie jetzt von ihm denken? Zwar meinte er jedes Wort ehrlich, doch hatte er sich verhalten wie ein närrischer, liebestoller Teenager. Was würde …

Wie aus einer anderen Welt strich Asharis Hand über seine Wange. Unerträglich schön durchfluteten wohlige Wärme und glückstaumelnde Erleichterung von dort aus seinen Körper. Sie hob sein Kinn und lächelte sanft.

»Ich hatte schreckliche Sorge, du würdest etwas anderes sagen«, gestand sie ihm. »Der einzige Grund, warum ich es ertrage, nicht frei zu sein, bist du.« Unendlich langsam und himmlisch geschmeidig schob sie sich aus der Hocke auf ihn zu. Ihre Augen erfüllten die ganze Welt. Sein Herz machte einen glücksfreudigen, halsbrecherischen Salto und stürzte dann in ein finsteres Loch.

Jasons Stimme dröhnte in seinem Kopf, als er unendlich mühsam ihrem Kuss auswich. »Ich … kann nicht.« Seine Vernunft zwang ihn, so zu handeln, und zugleich hoffte er so sehr, dass sie seine Qual hörte.

»Warum nicht?«, fragte sie ungläubig. »Ich sehe doch, was du für mich fühlst. Wie du mich ansiehst, wie du lachst, wenn ich lache …« Schmerz schlich sich in ihre Stimme. »David, eben hast du noch gesagt, wie wichtig ich dir bin!«

Er biss die Zähne zusammen und starrte auf die Bäume vor dem Fenster.

»Also waren es am Ende nur Worte.« Ihre Verbitterung war nicht zu überhören. »Auch diesem Fuller gegenüber.« Kalt wie ein Blizzard fegte der Schrecken durch sein Herz. »Aber was erwarte ich, du bist ein Schriftsteller. Du kannst nun einmal gut mit Sprache umgehen.«

»Du hast das Gespräch mit Jason belauscht?«, fragte er betroffen.

Verärgert deutete sie auf ihren Kopf. »Ich habe Katzenohren, schon vergessen? Ich habe auch gehört, dass ihr Pläne mit mir habt. Ist das der Grund, warum du deine Gefühle nicht zulässt?«

Erleichtert, dass sie verstand, nickte er. Doch statt Verständnis in ihren Augen zu erblicken, zerbrach die Spiegeloberfläche ihrer Seen und schmerzgepeitschte Wellen drängten empor. »Ich habe dir gesagt, weshalb ich die Gefangenschaft ertrage. Wenn du mir *das* nimmst, dann gib mir wenigstens die Freiheit.«

»Du bist nicht gefangen«, entgegnete er und fühlte sich schlecht. Warum verstand sie ihn nicht?

»Also kann ich gehen?« Keinerlei Hoffnung lag in ihrer Stimme.

Er zwang sich zu der ehrlichen Antwort. »Nein.«

Ihre Ohren zuckten kurz und dann erstarrte sie. »Also bin ich doch nur eine Sklavin für dich. Du magst netter sein als andere – du quälst mich nicht und vergehst dich nicht an mir – aber dennoch trifft jeder Punkt der Definition zu: Du hast mich gekauft und beraubst mich der Freiheit, weil du möchtest, dass ich etwas für dich tue.« Sie wich zurück in eine geduckte Abwehrhaltung.

»Ich habe dich nie zu etwas gezwungen!«, protestierte David. Wie konnte sie ihn mit den Sklavenhaltern in einen Topf werfen?

Ashari lachte bitter auf. »Nein, du hast subtilere Methoden verwendet. Ich glaube dir sogar, dass es dir leidtat, und dennoch hast du mich zu diesem unsäglichen Club gebracht.«

Betroffen schwieg er. Dagegen wusste er nichts zu sagen.

»Genauso ist es jetzt. Es tut dir weh, mir weh zu tun, und doch zögerst du nicht.« Zähne blitzten und allmählich kochte sichtbarer Zorn in ihr empor.

Inzwischen spürte David auch Wut in sich. »Es geht hier nicht um mich oder um dich, Ashari! Begreifst du nicht, wie viel auf dem Spiel steht? Du könntest all den unterdrückten Morphs dieser Erde ein Gesicht geben. Du könntest für ihre Rechte kämpfen!«

»Du bist nicht besser als dieser Fuller!«, fauchte sie. »Es interessiert dich nicht, was ich möchte. Euer ganzes hochtrabendes Gerede von Freiheit scheitert doch schon bei mir!«

»Das ist nicht wahr, Ashari!«, rief David verärgert. »Ich respektiere deinen Willen, aber es gibt Dinge, die gehen einfach noch nicht!«

»Ich wollte dich nur küssen! Und du wolltest es auch! Aber nein, du verfolgst andere Pläne. Ist doch egal, dass es

Ashari quält! Ist doch egal, dass Ashari gar nicht Retter ihres Volkes sein will! Sie ist ja nur eine Morph!«

Die letzten Worte schrie sie fast, wirbelte auf der Stelle herum und stürmte aus dem Zimmer.

»Du kannst nicht gehen! Die Welt da draußen …«, rief ihr David hinterher, als ihre Zimmertür krachte. Dann kam die Stille. Und dann – viel schlimmer – Asharis Schluchzen.

Nach einer unruhigen, von bösen Träumen geplagten und durch ständiges Aufschrecken unterbrochenen Nacht erwachte David am nächsten Morgen wie gerädert. Mürrischer als je zuvor schlurfte er ins Badezimmer. Asharis Tür, um diese Uhrzeit sonst immer einen Spaltbreit geöffnet, fand er verschlossen vor. In seinem Kopf lieferten sich Selbstvorwürfe und Verwünschungen gegen ihr unreifes Verhalten einen regen Schlagabtausch.

Als er das Bad verließ, kam David gerade zur Überzeugung, dass sie vollkommen überreagiert hatte. Sie musste gemerkt haben, dass er ihr nicht freiwillig einen Korb gegeben hatte. Am Fuß der Treppe jedoch, auf dem Weg zur Küche, hielt er sich für einen selbstgerechten Idioten, der mit ihrem Zorn seine wohlverdiente Strafe erhielt.

Auch hier konnte er Ashari nirgends entdecken, doch das wunderte ihn nicht. Ein Blick in den Kühlschrank zeigte, dass das Frühstück bereits hinter ihr lag und sie trotz miserabler Laune einen mordsmäßigen Appetit an den Tag gelegt hatte.

Mehr schlecht als recht kämpfte er sich durch die nächsten Stunden und kam mit seinem Roman nur schleppend voran. Ständig wanderten seine Gedanken zu dem gestrigen Abend. Das machte sich nicht gut, wenn man gerade eine harmonische Beziehungsszene schrieb.

Obwohl er nicht damit rechnete, sie zu Gesicht zu bekommen, kochte er zum Mittag für zwei und stellte ihre Portion mit einem zaghaften Klopfen vor die Tür. Allein an dem viel zu großen Tisch wollte ihm die Mahlzeit jedoch nicht recht schmecken.

Als er am späten Nachmittag ihr Essen immer noch unangetastet vorfand, beschlich ihn ein ungutes Gefühl. Auf sein Anklopfen antwortete nur Schweigen. »Ashari, bist du da?« Stille. »Ashari? Wenn du nicht mit mir reden möchtest, ist das okay, aber sag bitte wenigstens, ob du da bist.« Stille. Er drückte die Klinke nach unten, fand die Tür jedoch abgeschlossen. Ein prüfender Blick ins Schlüsselloch zeigte indessen, dass der Schlüssel von innen steckte. Das beruhigte ihn ein wenig. Sie musste allerdings wirklich sauer sein, wenn sie nicht antwortete.

Am Abend rief endlich Fuller an und verkündete, dass er einen Chirurgen in New York City gefunden hatte, der Erfahrung mit der Entfernung von Morph-Implantaten besaß. David ging zu Asharis Zimmer und erklärte durch die Tür die Lage. Als sie immer noch schwieg, wurde aus einem schlechten Bauchgefühl Gewissheit, dass etwas nicht stimmte.

Er widerstand dem Impuls, die Tür einzutreten, und holte sich eine Leiter, um von außen zu ihrem Raum zu gelangen. Er fand das Fenster offen und das Zimmer verlassen vor.

Wie unreif, selbstgerecht und einfältige kann man eigentlich sein, dachte er wütend und lenkte den Wagen von Hand um eine Kurve. Von Hand! Das war riskant in Zeiten, in denen Computer den Großteil der Verkehrssicherheit übernahmen. Und warum tat er das? Weil er ziellos die Gegend in immer größer werdenden Kreisen nach Ashari absuchte. Alles nur wegen der verletzten Eitelkeit einer Frau! *Geradezu pubertär, die ganze Szene,* grummelte er in seinem Kopf. Frauen wurden gefährlich, wenn man ihre Liebe enttäuschte – klassischer Romanstoff.

Aber es ging hier nicht um einen Roman. Auch nicht darum, einen Abschnitt kritisch zu analysieren. Umso schlimmer. Ashari hatte kein bisschen von dem verstanden, was er gesagt hatte. Obwohl sein Herz derart an ihr hing, hätte er sie gehen lassen, wenn die Welt dort draußen nicht von ignoranten Menschen bevölkert wäre. Das ›moderne Amerika‹ bot vielerlei Gefahren für eine Morph. Aber nein, sie dachte nur in den Bahnen ihrer kleinen, verletzten Gefühlswelt.

Tief in seinem Hinterkopf zuckte die Stimme der Vernunft. Er tat Ashari Unrecht. Und wenn schon! Fakt war, dass jederzeit jemand bei Anthrotec die brillante Idee haben könnte, ihren Killswitch zu aktivieren. Der Chirurg könnte ihr helfen, aber sie hatte weglaufen müssen! Ausgerechnet heute!

Sein Zorn stolperte in das Spinnennetz der beklemmenden Sorge um Asharis Leben und verhedderte sich darin. Ihre Flucht war einzig und allein seine Schuld. Wenn er doch nur seinem Herzen gefolgt wäre. Für einen Moment glitt sein Geist in romantische Sphären ab, in denen er mit Ashari vor dem Kamin kuschelte, anstatt sie auf den Straßen New Jerseys zu suchen.

Papperlapapp! Darauf hatte er nicht jahrelang hingearbeitet. Bereits nach kurzer Zeit hätte er sich schlecht gefühlt, das Wohl aller Morphs zu Gunsten seines Hangs zu Tiermenschen geopfert zu haben.

Belüg dich ruhig über Ashari, aber verleugne nicht dich selbst. Nun gut, was er für sie empfand, war mehr als nur Schwärmerei oder der alte Traum von einer Wildkatzenfrau. Das machte es aber nicht richtiger, das Interesse der anthropomorphen Allgemeinheit zu verraten! Die Leopardin begriff nicht, welche Bedeutung sie hatte, auch für ihr eigenes Leben! Nur wenn es allen Tiermenschen besser ging, konnte sie wahrhaft frei sein. Was hätte er denn tun sollen?

Wie wäre es mit der Wahrheit? Während er sie vor der Bürde schützen wollte, hatte er sich zugleich feige dahinter versteckt. Er hatte nur Angst davor gehabt, wie sie sich entscheiden könnte, wenn er ihr von Anfang an die Wahl gelassen hätte.

Unsinn. Er hatte Ashari aus den Fängen von *Anthrotec* befreit, da stand es ihm zu …

Was genau? Sich über ihren Willen hinwegzusetzen? Ihr nicht einmal die Chance zu lassen, ihren eigenen Willen zu bekunden?

Den hatte sie doch gefunden! Sie hatte sich daran gemacht, sich gegen all das Unrecht mit Wissen zu wappnen und etwas zu verändern.

Da er sie dahingehend manipuliert hatte. Mit Reue und Mitgefühl war es, nach dem, was er ihr mit dem Besuch bei diesem Club angetan hatte, nicht getan.

Das dachte er doch nur, weil genau das Asharis Anschuldigungen waren und …

… weil sie stimmten.

Mit einem lauten Knurren lenkte er das Auto an den Straßenrand und ließ die Stirn auf das Lenkrad sinken. Er war müde und hatte es satt. Das ganze Gezeter in seinem Kopf führte zu nichts. Asharis Vorwürfen konnte er auf Dauer nicht ausweichen. Schließlich *hatte* er sie gekauft, weil Pläne für ihr Leben seit Jahren in seiner Schublade lagen. Und obwohl Gefühle in ihm wuchsen, die alle Planung über den Haufen werfen wollten, hatte er letztendlich gegen Ashari entschieden.

Aber auch ihre Reaktion war vollkommen übertrieben gewesen. An der Verantwortung, die sie trug, gab es nichts zu deuteln. Sie konnte dem Käfig, in dem sie sich gefangen fühlte, nur auf einem Weg entkommen: im Sturm auf die Front des Feindes.

Mit einem schweren Seufzen lehnte David sich in den Sitz zurück und starrte aus dem Fenster. Kopflos und voller Zorn durch die Gegend zu fahren, führte zu überhaupt nichts. Beiden waren Fehler unterlaufen und im Augenblick galt es nur, Ashari schnellstmöglich zu finden, um ihr Leben zu retten.

Einer plötzlichen Eingebung folgend griff er in das Handschuhfach und brachte die Servicebroschüre *Anthrotecs* zum Vorschein, die er irgendwann dort hineingestopft hatte. Wenn Morphs ein Schmerzimplantat besaßen und angeblich auch einen Killswitch, warum nicht …

Triumphierend schlug er sich auf den Schenkel. Da stand es: GPS. Diese abgebrühten Produktdesigner hatten tatsächlich ein GPS-Ortungsimplantat in ihre Schöpfungen einsetzen lassen, als wären sie ein Auto.

Er zückte den Mobilempfänger des Globalnets und orderte für sündhafte siebenhundert Dollar einen Ortungsservice. Eine Minute später zeigte das Gerät Asharis Position an.

Die Adresse, welche das GPS angab, lag in jenem verwahrlosten Viertel von Atlantic City, in dem sie auf ihrer Fahrt zum See den Wagen getauscht hatten. Bei Nacht wirkte es noch scheußlicher. An den Fassaden bröckelte der Putz und viele Fenster glotzten staubblind oder gesprungen auf den rissigen Asphalt hinab. Alles hier schwitzte eine schmutzstarrende Hoffnungslosigkeit aus, der eine depressive Endgültigkeit anhaftete. Wer einmal hier landete, hatte die letzte Ausfahrt in Richtung Aufstieg längst verpasst.

Es wunderte David nicht, dass Asharis Flucht sie hierher führte. Sie kannte die Gegend von ihrer Durchreise und wo, wenn nicht hier – bei anderen von der Gesellschaft Abgehängten – konnte sie hoffen, Unterstützung zu finden?

Doch als er sich zu Fuß jener Kreuzung näherte, an der das Haus liegen sollte, beschlich David ein äußerst ungutes Gefühl. Bereits aus der Ferne wies unruhig flackernde Leuchtreklame an der vierstöckigen Fassade das Gebäude unzweifelhaft als Bordell aus – als ein Morph-Bordell. Eine Wolfsfrau zwinkerte ihm in Endloswiederholschleife aus drei Metern Höhe lasziv zu. Die Traurigkeit hinter der einstudierten Geste bot einen Vorgeschmack, was ihn dort erwarten mochte.

Was um alles in der Welt zog Ashari hierher? Geld? Nein, das passte nicht zu ihr. Mit einem Grinsen stellte David sich vor, wie es dem ersten Freier ergehen mochte, der etwas von ihr verlangte, das sie nicht wollte.

Dennoch tasteten seine Augen die Morph-Frauen ab, welche vor dem Bordell in schriller Kleidung auf Kundschaft warteten. Zwei von ihnen waren Leopardinnen. Das Fell der einen war zu buschig – vermutlich nicht von *Anthrotec* – und die Augenfarbe der zweiten entpuppte sich aus der Nähe betrachtet als azurblau. Erleichterung machte sich in ihm breit.

»Gefall ich dir, Süßer?«, fragte die Zweite und schlenderte mit wiegender Hüfte auf ihn zu. Asharis natürlichem, geschmeidigen Gang haftete zu jeder Sekunde mehr Erotik an. »Ich kann mit dir verrückte Sachen machen, davon hast du bisher nur geträumt.« Sie ließ eine Kralle über seine Brust fahren und zupfte dabei an jedem Knopf der Jacke.

Behutsam schob David ihre Hand beiseite. »Nicht unter so traurigen Umständen. Ich suche jemand bestimmtes.«

»Du bist kein Stammkunde«, schnurrte eine Gepardin lustlos. »Wen könntest du schon suchen?« Sie klang müde und erschöpft.

»Ihr Ebenbild, nur mit grünen Augen«, entgegnete er und deutete auf die Leopardin, die gleichgültig zurück auf ihre Position ging.

»Du meinst die Verrückte, die uns die Männer verjagt hat?«, rief die andere Leopardenfrau aufgebracht. »Taucht hier auf und redet irgendwelchen Mist von Würde und Recht auf Freiheit. Das macht die Kerle nicht wirklich an.«

David geriet in helle Aufregung. »Das klingt nach ihr, ja!«

Wütend kam die Leopardin mit den blauen Augen zurück und stupste schmerzhaft mit einem Finger gegen seine Brust. »Gehört sie dir? Pass besser auf sie auf, verdammt! Es ist Ben scheißegal, warum ich heute Abend zwei Kunden weniger hatte. Aber dass ich sie nicht hatte, weil deine Süße Rabatz machen musste, ist ihm sicher nicht egal.«

»Sie hat sich aufgeführt wie eine Furie«, murrte die Gepardin und winkte halbherzig einem vorbeigehenden Mann in feinem Anzug zu. »Mich wollte sie sogar wegzerren, als ich jemanden abgeschleppt habe.«

»Was ist dann passiert?« David horchte auf.

»Ha! Ben hat ihr gezeigt, wie viel die Freiheit eines Morphs Wert ist«, feixte die Blauäugige, als würde sie nicht selbst in diesem Bordell festsitzen.

»Und das mit der Würde kriegt der auch noch hin«, sagte die Gepardin und sah ihn traurig an. »Tut mir leid, Kleiner.«

Hastig zerrte David seinen Mobilempfänger aus der Tasche und starrte auf das Ortungssignal. Ashari befand sich tatsächlich in dem Gebäude. Angestrengt dachte er nach, während er den muskulösen Löwentürsteher musterte.

»Ich will nicht, dass du wegen meiner Dienerin Ärger bekommst«, sagte er schließlich zu der Blauäugigen und zog seine Brieftasche. »Ich hab's mir anders überlegt.«

Das Innere des Bordells stellte sich als beachtlich gediegen heraus und schien nicht recht in das übrige Viertel passen zu wollen. Das mochte an dem Preis liegen, den hier eine Stunde »Vergnügen« kostete. David zweifelte nicht daran, dass Ben zu den wohlhabendsten Männern der Gegend gehörte.

Er folgte der Prostituierten einige Treppen hinauf und prägte sich dabei Türen und Flure so gut es ging ein. Er konnte keine Fluchtwege oder Ausgänge zu Feuerleitern erkennen. Es würde schwer werden, mit Ashari hier rauszukommen.

Auf dem Zimmer – trotz teurer Materialien leicht muffig und mit mattrotem Licht durchtränkt – gab David vor, sich kurz frisch machen zu wollen. Im winzigen Bad überprüfte er Asharis Position und stellte erleichtert fest, dass sie sich nur ein Stockwerk über ihm befand. Er steckte der Leopardin mehr Geld zu, als sie vereinbart hatten und sagte, sie solle sich eine Stunde Ruhe gönnen. Misstrauisch, aber dankbar machte sie es sich auf dem Bett bequem.

Das Herz hämmerte heftig in seiner Brust, als er auf den Flur trat und an Türen vorbeiging, hinter denen er Laute zweifelhaften Vergnügens vernahm. Auf dem Weg die Treppe hinauf stieß er fast mit einem halbnackten Fettwanst zusammen, der David verschwörerisch zuzwinkerte und dann weiter breitbeinig die Stufen hinabstapfte.

Die naive Frage, wie er die ohne Zweifel verschlossene Tür aufbekommen sollte, hinter der Ashari gefangen gehalten wurde, zerschellte an einem viel größeren Problem. Ein weiterer Löwenleibwächter stand mit verschränkten Armen vor ihr Wache. Die Tür fiel sofort ins Auge: lederbeschlagen und mit einem goldenen Schildchen versehen.

»Was tun Sie hier?«, fragte der Löwe missmutig aber höflich, als er David auf den letzten Stufen entdeckte.

»Ich habe bezahlt, sonst wäre ich kaum an deinem Zwilling vorbeigekommen«, entgegnete er. Eine bescheuerte Antwort.

»Das ist ein Puff und kein Kino. Hier geht man nicht allein rein.«

Mutig trat David zu dem Löwenmann und bereute es sofort. Er wurde um mindestens einen Kopf überragt. »Ich will zu Ashari«, sagte er frei heraus. »Leopardin, grüne Augen.«

»Sie ist beim Boss«, erwiderte sein Gegenüber stoisch. »Heißt, der Boss ist beschäftigt.«

In diesem Augenblick erklang hinter der Tür ein lautes Fauchen und David wollte sich instinktiv an dem Leibwächter vorbeischieben. Es war, als versuchte er, einen Felsen gleicher Größe zu bewegen. Der Löwe grinste gefährlich und ließ dabei gewaltige Fangzähne aufblitzen. »Es gibt nicht viele Gelegenheiten, wo ich Menschen weh tun darf. Provozier mich!«

Alles in David drängte danach, so schnell wie möglich hinter diese Tür zu gelangen. Doch ein Kampf gegen den Hünen schien aussichtslos. »Ashari gehört mir. Ich bin bereit, eine Menge dafür zu zahlen, sie … unbeschadet zurückzubekommen.«

»Das Angebot ist für den Boss bestimmt verlockend«, grübelte der Löwenmann. »Aber er ist beschäftigt. Will nicht gestört werden. Hat er deutlich gesagt.«

»Wenn sich dein Boss an meiner Ashari vergreift, klage ich ihm dieses Bordell unter dem Hintern weg!«, knurrte David. »Dann hat er mehr Ruhe, als ihm lieb ist.«

Der Blick des Leibwächters verfinsterte sich. »Du drohst meinem Boss?«

Eigentlich hätte das die Vernunftschiene werden sollen. Das Letzte, was er gebrauchen konnte, war ein wütender Löwenmorph! Mit zugeschnürtem Hals antwortete er: »Ich will ihn nur vor einer Dummheit bewahren.«

Fäuste ballten sich. »Du drohst ihm also.«

In diesem Augenblick hörte er Ashari »Bleib weg mit dem Ding!« rufen, gefolgt von einem Schmerzensschrei.

Eiskalte Ruhe kam über David und er blickte dem Löwen fest in die bernsteinfarbenen Augen. »Ich weiß, dass das total bescheuert ist, aber …«

Urplötzlich riss er das Knie hoch und rammte es dem Löwenmann in den Schritt. Zumindest hatte er das vorgehabt, doch etwas prallte wie eine Dampframme gegen seine Brust und er krachte mit dem Rücken an die Wand hinter sich. Die Wucht trieb die Luft aus seinen Lungen, dann sackte er zu Boden. Noch während er wie ein Fisch an Land um Atem rang, riss ihn der Löwe am Revers nach oben und presste ihn gegen die rote Tapete, dass Davids Füße hoch in der Luft baumelten »Die Menschen kaufen keine Morph-Leibwächter, weil sie so hübsch sind. Wir sind schneller, stärker und …«

Ashari jaulte hinter der Tür vor Schmerzen auf und Davids Denken setzte aus. Mit aller Kraft riss er die Knie an die Brust und rammte den Löwen die Füße ins Gesicht. Dessen Griff löste sich und David plumpste unsanft auf den Hintern.

Der Leibwächter wischte das Blut, das aus seiner Nase sickerte, am Handrücken ab und sah ihn abschätzend an. »Du liebst sie«, stellte er ungläubig fest.

David rappelte sich auf, bereit, weiterzukämpfen. Vielleicht kam Ben heraus, wenn der Lärm vor seiner Tür überhandnahm. »Und wenn schon.«

»Sie … ist eine Morph«, sagte der Löwe langsam, als würden sich diese Worte seltsam für ihn anfühlen. Und obwohl mehr Blut aus seiner Nase rann – ein ernüchternd armseliges Resultat für einen Fußtritt – machte er keine Anstalten weiterzukämpfen.

»Was hat das damit zu tun?« David wollte lospreschen, doch der Löwenmann begann zu lächeln und bremste hiermit seinen Enthusiasmus.

»Geh zu ihr, Mensch. Vielleicht ist deine Liebe weniger aussichtslos als meine damals.«

Das ließ David sich nicht zweimal sagen und stürmte durch die Tür in ein nachtblau tapeziertes Bürozimmer. Ashari krümmte sich vor Schmerzen neben einem gewaltigen Schreibtisch aus Ebenholz, während ein geschmacklos teuer gekleideter, muskulös anmutender Mann mit Glatze und Zigarre über sie gebeugt stand. Er hielt einen seltsamen, offenbar selbstgebastelten Apparat in der Hand.

Ohne lang zu fackeln, hetzte David auf ihn zu und noch während sich der Zuhälter erstaunt zu ihm umdrehte, verpasste er ihm einen weit ausholenden Schwinger. Schmerz explodierte in seiner Hand und Bens Kopf schnellte zur Seite.

»Das wirst du auf die ein oder andere Art bezahlen, Mann.« Der Tonfall des Zuhälters vermittelte kühle Gelassenheit, doch als sein Blick zu dem Leibwächter wanderte, taugte der zum Töten.

Mit der gesunden Hand half David Ashari auf die Beine und für ein paar Herzschläge gab es nur sie zwei.

Sie musterte ihn erst ungläubig, dann brach sich ein Lächeln seine Bahn, während ihn grenzenlose Erleichterung durchströmte. Ein Räuspern im Raum holte ihn zurück in die Realität und er schob sie hinter sich.

»Schau an, du hast die Kleine gern. Wer hätte das gedacht.« Ben lächelte schäbig. »Ich hatte nicht vor, sie zu behalten. Sowas macht nur Ärger. Und ich hab meinen eigenen Zoo, wenn du verstehst. Bei weitem nicht so kratzbürstig wie deine da. Aber ich hatte ein Hühnchen mit ihr zu rupfen, so viel ist klar.«

»Wieso haben Sie ihr weh getan?« Das Adrenalin rauschte immer noch in Davids Adern.

»Wieso hast du deine Morph nicht im Griff? Glaubst du, das ist gut fürs Geschäft?« Mit einem Daumen deutete er auf ein weit geöffnetes Fenster. »Aber taugt das als Abschreckung für meine Mädchen? Oh ja, dafür kam mir die Kleine richtig.«

»Ich zahl den Schaden und dann sind wir quitt.« David wollte so schnell wie möglich raus aus diesem Haus. Schnell weg von diesem widerlichen Sadisten.

»Nee, dein Geld lass mal stecken«, entgegnete Ben mit einem breiten Grinsen, das ihm einen Schauer über den Rücken jagte. »Mein Puff, meine Regeln.«

Ohne Vorwarnung schnellte Bens Faust nach vorn und brach David knirschend die Nase. »Das war fürs Geschäft.« Ein Schwinger mit dem anderen Arm knallte gegen Davids Kiefer und ließ Sterne aufblitzen. »Und das war für deinen Schlag.«

David schmeckte Blut in seinem Mund. Ben beugte sich vor und betrachtete sein Gesicht hoch interessiert. »So gefällst du mir schon besser, Kleiner. Jetzt sind wir quitt. Schnapp dir dein Spielzeug und verschwinde!«

Während seine Sicht noch verschwommen war und ihm das Blut aus der Nase auf die Jacke floss, griff David mit der gesunden Hand nach Asharis Arm. »Komm, gehen wir.« Das Rinnsal, das ihm in den Mund lief, wollte er auf den Teppich spucken, überlegte es sich nach einem Blick zu Ben aber anders. Angeekelt schluckte er es hinunter. »Reden können wir später.«

Ashari spricht

Erschöpft ließ David sich in den Sitz seines Autos fallen und bereute es sofort. Bei jeder kleinsten Erschütterung schienen Glasscherben in seiner Nase aneinander zu reiben. Er griff an Ashari vorbei ins Handschuhfach und fand zielsicher seinen Jet-Injektor. Kaum hatte er sich den Neuroblocker in den Nacken injiziert, ging es ihm ein wenig besser. Er hasste Schmerzen.

»David«, begann sie zaghaft, doch er unterbrach sie mit einer abwehrenden Handbewegung. Er gärte vor Wut. Vor Wut auf sie, auf sich und vor allem auf Ben und seinen Leibwächter. Und es gab Wichtigeres zu erledigen, als zu reden. Er tippte auf die Kurzwahl des Globalnetempfängers.

»Fuller?«, meldete der sich mit verschlafener Stimme.

»Hier ist David.«

»Sag mal, hast du eine Ahnung, wie spät es ist?«

»Nein, du?«, konterte er bissig.

»Hast du jetzt endgültig ...«

»Ich habe Ashari gefunden. Weck deinen Chirurgen auf und sag, dass wir vorbeikommen.«

»Es ist drei Uhr nachts!«

David legte auf. Jetzt war nicht die Zeit für überflüssige Diskussionen. Er gab die Praxis des Mediziners in das Navigationssystem ein, verzichtete aber aufgrund der Tempolimits auf den Autopiloten. Gereizt gab David Gas.

Er stierte konzentriert auf die Straße und verfluchte die Schlaglöcher in diesem abgewrackten Viertel. Jedes einzelne erinnerte seine Nase daran, dass sie trotz Schmerzmittel weh tat.

»Wohin fahren wir?«, fragte Ashari.

David sah sie nicht an. Stattdessen ließ er die Scheibe hinunter und spuckte Blut aus dem Fenster. »Es gibt da einen Arzt, der die Implantate aus dir rausholen kann. Zu dem fahren wir.«

»Aber *du* brauchst einen Arzt!«, protestierte sie. »Deine Nase …«

»… ist gebrochen und tut übel weh, ja.« Er ließ den Wagen um eine Kurve driften und trat dann wieder das Gaspedal durch. Nach all der Ungewissheit und den diffusen Sorgen tat es gut, ein konkretes Ziel vor Augen zu haben. »Ich weiß nicht, wie der kranke Bastard deine Schmerzimplantate ohne Armband aktivieren konnte, aber das ist nicht das einzige Problem. Es muss noch andere geben – vermutlich.«

»Du hast Schmerzen!« Beinahe hätte er über ihre Fürsorglichkeit gelächelt, doch sofort knirschte wieder etwas in seiner Nase.

»Danke für die Erinnerung«, brummte er. »Aber *Anthrotec* hat vielleicht einen Killswitch in dich implantiert.«

Betroffen schwieg Ashari eine geraume Weile. Bäume zischten an ihnen vorbei, während sie in Richtung New York City rasten.

»Sie haben einen …« Sie brachte es zunächst nicht über die Lippen. »… einen *Ausschalter* für jeden Morph?«

»Wir wissen es nicht.« David fluchte, als plötzlich ein Auto vor ihm auftauchte und er beim Überholen viel zu knapp daran vorbeizog. »Aber ich will nicht riskieren, es auf die harte Tour herauszufinden. Und du bist bestimmt froh, wenn du dabei auch die Schmerzimplantate loswirst.«

Er versuchte, sie anzulächeln, doch erneut fetzte Schmerz durch sein Gesicht. Vermutlich sah das Ergebnis nicht sehr überzeugend aus. Genervt schluckte er zwei Tabletten obendrein.

Eine Weile verging, ohne dass sie miteinander sprachen. David verspürte in seinem Zustand wenig Lust dazu. Die Erleichterung, Ashari gefunden zu haben, wurde von einer schweren Decke aus Müdigkeit und Schmerz erstickt.

»Du bist wütend auf mich«, sagte die Leopardin wie aus dem Nichts.

»Ich bin nicht …« Er bemerkte, dass seine Stimme sehr wohl zornig vibrierte, und zwang sich zur Ruhe. »Ich bin nicht mehr wütend auf dich. Ich habe nur Schmerzen.«

Diese Worte, die in Davids Kopf beschwichtigend geklungen hatten, lagen nun zwischen ihnen wie Blei. Weshalb hatte er ihr unter die Nase gerieben, dass er sauer auf sie gewesen war? *Weil ich es eben doch noch bin,* erkannte er sofort. Aus den Augenwinkeln sah er, wie sie ihn unentwegt musterte, was ihn umso konzentrierter auf die Straße achten ließ.

»Du hast mich sehr verletzt, David.« Ihre Stimme war leise und ruhig. »Auf mehr als eine Weise.«

»Ich …«, setzte David zu einer raschen Erwiderung an, doch schluckte er den unausgegorenen Rest lieber hinunter. Er hätte Ashari heute beinahe verloren. Sie jetzt wieder an seiner Seite zu wissen, ließ ihn den Wert einer zweiten Chance erkennen. »Ich weiß«, gestand er schließlich ein – ihr und sich selbst. »Ich wollte dir niemals Unrecht tun und ganz sicher keinen Schmerz zufügen. Dennoch habe ich es getan. Es ist gerade alles verflixt kompliziert.«

»Unrecht …« Ashari sprach das Wort mit zusammengezogenen Brauen aus, als würde sie einen fremden Geschmack auf der Zunge ergründen. Dann lachte sie bitter. »An unserem ersten Tag hast du zu mir gesagt, ich solle nicht weglaufen, solange du mir kein Unrecht tust.«

»Du hättest sterben können, verdammt!«, platzte es aus David heraus. »Wie kannst du mir jetzt …« Er biss die Zähne so fest zusammen, dass es wieder in seiner Nase knirschte. Doch das war besser, als sie anzuschreien. *Keine lauten Worte mehr, nicht noch weitere Wunden.*

Seltsamerweise blieb Ashari gelassen. Sah er da bei einem flüchtigen Seitenblick ein trauriges Lächeln auf ihren Lippen? Ob sie sich ertappt fühlte oder Zufall sie lenkte – sie wandte sich dem Beifahrerfenster zu und starrte in die Dunkelheit. Erst zwei Meilen später sagte sie leise: »In meiner Zelle bei *Anthrotec* habe ich mir für meine Zukunft vielerlei Dinge ausgemalt. Wie ich meinem neuen Herren die Augen auskratze, zum Beispiel. Oder wie er mich so lange foltert, bis ich doch aufgebe und mich … meinem Schicksal ergebe. Ich hatte viele Tagträume von Widerstand oder Flucht, die meist in Tränen oder Tod endeten.« Mit einem kummervollen Atemzug kehrte sie ins Hier und Jetzt zurück. »Ich habe mir aber niemals – kein einziges Mal – ausgemalt, dass mein Meister mich aus Sorge um mein Leben suchen würde, wenn ich abhaue. Und ganz bestimmt nicht, dass mein Besitzer für mich bluten würde. Mehr muss ich nicht darüber wissen, wie es um dein Herz bestellt ist, David.«

Mit einem Schlag fühlte sich all seine Wut schrecklich unreif und kindisch neben Asharis sanftmütigen Worten und Gedanken an. Murrend zog sein Zorn den Schwanz ein und verschwand im diffusen Nebel von Davids Gefühlswelt. Zurück blieb eine lebhafte Dankbarkeit. Es spielte nicht einmal eine Rolle, ob sie wusste, dass er sie aufrichtig liebte, oder ob sie damit meinte, dass sie eben nicht nur eine Morph für ihn war. Es zählte einzig und allein, dass diese skurrile Nacht ein oder zwei Risse zwischen ihnen gekittet hatte.

»Du hattest Recht, David«, seufzte Ashari eine ganze Weile später und blickte traurig in Richtung der New Yorker Skyline. »Die Welt ist noch nicht so weit. Ich habe mit meinesgleichen gesprochen und auch mit Menschen. Sie alle sind taub und blind.«

»Mir tut trotzdem leid, was ich gesagt habe«, nuschelte er verlegen. »Und was ich getan habe. Ich halte mich zwar nicht für einen Sklavenhalter, aber …« Er sah kurz zu Ashari hinüber. Sie blickte ihn erwartungsvoll an. »Ja, ich habe versucht, dich in eine bestimmte Richtung zu manipulieren. Ich muss wohl erst lernen, dass es selbst bei so entscheidenden Dingen andere Meinungen als meine gibt.«

Statt einer Antwort drückte sie seinen kaputten Handrücken am Lenkrad. David verbiss sich einen Schmerzenslaut und lächelte, was sie zaghaft erwiderte. »Wir werden sehen.«

Am nächsten Morgen – wobei Mittag eher zutraf – erwachte David mit üblen Kopfschmerzen. Übellauniger als sonst schleppte er sich ins Bad und betrachtete mürrisch sein geschundenes Gesicht im Spiegel. Augenringe wie nach einer Woche Schlafentzug sowie die beachtliche Schwellung an seinem Kiefer kündeten von der Schlägerei letzte Nacht. Hinzu kam die geschiente Nase, welche an den morgendlichen Besuch im Krankenhaus erinnerte. Kurzum: Er sah schrecklich aus.

Kopfschüttelnd machte er sich an die übliche Morgenroutine. Wenigstens vermisste er keinen seiner Zähne. Im Nachhinein fragte er sich, was ihn da gestern geritten hatte. Heroisches Handeln überließ er sonst lieber seinen Charakteren. Doch als er das Bad verließ und trotz Schmerzen lächeln musste, als er Asharis Tür einen Spalt weit offen fand, wusste er, dass er richtig gehandelt hatte.

Auch der Eingriff zur Entfernung der Implantate hatte sich als gute Entscheidung erwiesen: Selbst müde und deutlich verstimmt hatte der Chirurg mit sichtlicher Routine das Schmerzimplantat an Asharis Halswirbelsäule und den GPS-Sender aus ihrer Bauchhöhle entfernt. Doch erst auf Davids Drängen hin scannte der Doc die Leopardin mit einem hochauflösenden Verfahren und fand einen Chip unbekannter Bauart an ihrem Neokortex. Diesen von Asharis Gehirn zu trennen hatte ihn zwei Stunden und viele Nerven gekostet. *Morph Freedom* würde den Chip untersuchen lassen, indessen konnte David sich das Ergebnis lebhaft ausmalen.

Aber daran wollte er jetzt nicht denken. Lieber schlenderte er gut gelaunt die Treppe hinab, wo er Ashari an einem fertig gedeckten Frühstückstisch vorfand. Sie schlief vornübergesunken, den Kopf auf die Unterarme gebettet. So leise wie möglich nahm er auf seinem Stuhl Platz und bewunderte ihr Gesicht mit bittersüßer Wehmut. Jedes Detail entlockte ihm ein Lächeln: Ihre runden Ohren, die noblen Raubkatzenzüge, das flauschig anmutende Fell um ihre Lippen, die friedlich geschlossenen Augen und die exotische Fellzeichnung.

Mit einem seligen Seufzen konnte er sich nicht länger belügen – er liebte sie. Dies war kein Schwärmen oder sexuelle Anziehung, sondern herzenswarme, wohlig kribbelnde, sehnsuchtsschmerzende Liebe. Und er hatte es gründlich verbockt.

Nun würde er mit der Entscheidung gegen seine Gefühle und für das Wohl aller Morphs leben müssen. Nach ihrem Gespräch, während der Autofahrt, schien das Meiste zwischen ihnen wieder auf dem Weg der Heilung zu sein. Das von Ashari zubereitete Frühstück wertete er als gutes Omen.

»Hallo Ashari«, sagte er sanft. Verschlafen öffnete sie ihre Lider einen Spalt breit, richtete sich auf und rieb sich gähnend die Augen.

»Du bist ein Langschläfer«, murrte sie, lächelte aber verhalten.

»Spätaufsteher – vielleicht. Langschläfer – nein.« Er reichte ihr den Toast. »Vielen Dank für das Frühstück.«

»Du siehst schrecklich aus.«

»Wie ein echter Draufgänger.« David grinste. »Und ich habe wieder etwas gelernt. Alles, was ich bisher über gebrochene Nasen geschrieben habe, verbuche ich unter Unsinn.« Dass Ashari ihn daraufhin zerknirscht ansah, hielt ihn nicht davon ab, sich ein sündhaft kalorienhaltiges

Marmeladenerdnussbuttertoast mit Schokostreuseln zuzubereiten.

»Ich will bei dem mitmachen, was ihr vorhabt«, sagte sie geradeheraus. David, der gerade in seinen Toast beißen wollte, blieb der Mund offen stehen. »Auch wenn ich Fuller nicht mag. Für ihn bin ich doch nur manipulierbare Manövriermasse. Aber ich will etwas verändern.« Sie grinste wölfisch. »Dafür kommt er mir genau richtig.«

David legte sein Brot beiseite und fragte eindringlich: »Bist du dir sicher? Ich will nicht länger, dass du irgendetwas tust, nur weil ich es für richtig halte. Ich habe eingesehen, dass das falsch war.«

»Du möchtest also meinen Willen respektieren?«

»Das wollte ich immer!«, protestierte er, wenn auch schaumgebremst. Leise fügte er hinzu: »Auch wenn ich es nicht immer geschafft habe.« Zu spät bemerkte er Asharis verschmitzten Gesichtsausdruck. Sie hatte ihn nur necken wollen.

Dann wurde sie wieder ernst. »Ich will mir anhören, was Fuller und du für Pläne habt.« Ihr schelmisches Lächeln kehrte blitzschnell zurück. »Und am Ende machen wir es so, wie ich es für richtig halte.«

Jason Fuller stürmte in Davids Haus wie ein enthusiastischer Fernsehprediger in seine Glaubensshow. Sein dunkles, wallendes Jesushaar und der Vollbart taten ihr Übriges, dieses Bild heraufzubeschwören. Er strahlte über das ganze Gesicht, musterte Ashari von oben bis unten mit anerkennender Miene und ergriff mit Schwung ihre Hand, um sie zu schütteln. »Ashari! Es ist wirklich schön, Ihnen endlich persönlich zu begegnen!«

David wurde das Gefühl nicht los, dass Jason in den letzten Jahren zu viel PR-Arbeit geleistet hatte, auch wenn seine Freude eindeutig echt anmutete.

Asharis distanzierte Reaktion entging seinem Freund dabei jedoch völlig. »Warum?«, erwiderte sie lediglich. Sie stand selbstbewusst und aufrecht, mit erhobenem Kopf und David war in diesem Moment endlos stolz auf sie.

»Nun, Sie sind so etwas wie die erste freie Vertreterin Ihrer Spezies!«, entgegnete sein Freund und trat einen Schritt zurück, um sie noch einmal voll in Augenschein zu nehmen. »Auf diesen Moment habe ich lange gewartet!«

»Wie kommen Sie darauf, dass ich frei bin?«, fragte Ashari mit dem kühlen Interesse einer Gerichtsmedizinerin.

Sein Lächeln bekam Risse und David entdeckte ein zufriedenes Schnurrhaarschmunzeln in ihrer sonst regungslosen Miene. »Also David hält sie wohl kaum gefangen.«

»Wir hatten gestern ein paar unschöne Erlebnisse, wie man sehen kann«, mischte sich David ein, damit es nicht gleich in der ersten Minute eskalierte. »So ein schmieriger Dreckskerl hat Ashari gefangen genommen und gefoltert – und das ist nicht mal illegal. Das lässt uns beide ein wenig an deinem Freiheitsbegriff zweifeln.«

»Natürlich ist noch viel zu tun!«, ereiferte sich sein Freund. »Darum sind wir ja hier, nicht wahr?« Er blickte hilfesuchend zu David, doch der grinste nur. Ashari wollte die Fronten klären und er würde sich sicher nicht in die Schusslinie begeben. »Die Entfernung der Implantate ist doch ein entscheidender Schritt.«

»Und Davids Idee«, gab die Leopardin süffisant zurück. Das traf Fuller ins Mark und sein PR-Grinsen fiel endlich von ihm ab. Zufrieden nickte Ashari. »Wollen wir anfangen?«

Irritiert folgte Jason ihr und sah David fragend an, doch der zuckte nur gut gelaunt mit den Schultern und formte mit den Lippen ein stummes »Ist sie nicht toll?«. Die Reaktion seines Freundes fiel mäßig begeistert aus. Innerlich applaudierte David Ashari dafür, wie sie die Sache anpackte.

Sie machten es sich am schlafenden Kamin gemütlich, wobei sich Ashari demonstrativ neben David auf das Sofa setzte. Sehr zu seiner Freude, auch wenn sie es wohl kaum aus romantischen Motiven tat. So oder so genoss er ihre Nähe.

»Also«, begann sie gedehnt um ihre Aufmerksamkeit zu erlangen. »Was hat *Morph Freedom* mit mir vor?«

»Nun, eine ganze Menge!«, sagte sein Freund eifrig in bester Verkäufer-Manier.

David schüttelte warnend den Kopf. »Hey, Jason. Entspanne Dich. Du hast *Morph Freedom* nicht ins Leben gerufen, um PR zu machen.«

Sein Freund verstand wohl, was er ihm damit sagen wollte, und rieb sich nachdenklich die Schläfen. Nachdem er sich kurz gesammelt hatte, sah er Ashari ernst an und wirkte plötzlich einige Jahre älter. »Sie wissen besser als jeder Mensch, was Ihnen und Ihresgleichen jeden Tag bei Firmen wie *Anthrotec* angetan wurde und wird. Sie haben erlebt, wie brutal teilweise mit Morphs von jenen umgegangen wird, die sich als ihre Besitzer betrachten: Folter, Vergewaltigung, seelische Grausamkeit. All das ist nur möglich, weil Morphs aus jedem gesetzlichen Rahmen fallen. Solange Menschen keine Gesetze haben, die ihnen etwas verbieten, halten sie dieses Etwas für unbedenklich. ›Ich tue doch nichts Verbotenes!‹, habe ich viel zu oft gehört.« Man sah Jasons verhärmtem Gesichtsausdruck an, wie sehr ihm das Elend zusetzte. »Ich halte es für das Wichtigste, dass Sie, Ashari, Ihre Menschenrechte einklagen und diesen Prozess gewinnen. Mit Ihnen als Präzedenzfall könnten wir den Weg für eine ganze Spezies ebnen.«

»Ich … muss die Menschenrechte einklagen, weil ich kein Mensch bin?«, fragte die Leopardin ungläubig.

»Sie regeln per Definition jene Rechte, die jedem *Menschen* zustehen«, erläuterte sein Freund. »Zudem sind sie nicht einfach einklagbar, sie sind vielmehr in den nationalen Verfassungen enthalten. Unsere Verfassung beginnt mit den Worten ›We the people of the United States …‹. Es war nie vorgesehen, dass es außer uns noch eine intelligente Spezies auf diesem Planeten gibt.«

»Das klingt … aussichtslos«, sagte Ashari leise.

Jason lächelte, diesmal ehrlich, und steckte Ashari damit an. »Nein, ist es nicht. Das oberste Gericht ist eine Säule unserer Demokratie und Demokratie wird vom Volk gemacht. Früher oder später wirkt sich das Meinungsbild der Massen auch auf die Rechtsprechung aus.«

»Das Problem ist auch die Gefahr, die mit einer solchen Klage einhergeht«, ergänzte David. »Wenn wir zu früh einen Versuch wagen und verlieren, wird es nachfolgenden Morphs fast unmöglich, einen zweiten Anlauf zu nehmen. Wir haben also einen weiten Weg vor uns.«

»Ihr wollt das ganze Land umkrempeln?« Ashari musterte die beiden, als wöge sie ab, ob sie es mit zwei Übergeschnappten oder mit Visionären zu tun hatte.

»Wir müssen es versuchen«, bekräftigte Jason seine Worte. »Öffentlichkeitswirksame Aktionen, kleinere Prozesse, Fernsehinterviews – wenn wir es einmal geschafft haben, den Stein der Aufmerksamkeit ins Rollen zu bringen, kann eine Lawine daraus werden.«

»Er hat mal Jura studiert«, erläuterte David amüsiert. »Das merkt man immer noch. Ich für meinen Teil bin eher dafür, dass wir auf die Grausamkeiten aufmerksam machen, die euch angetan werden. Du könntest all dem Leiden ein Gesicht und eine Stimme verleihen. *Morph Freedom* verfügt über ausreichend Geldmittel, um Werbespots auf den großen Sendern ausstrahlen zu können.«

Ashari schaute wenig überzeugt drein. »Das klingt für mich nach einer Tierschützer-Idee, David. Mitleid erwecken, um die Gesellschaft zu halbherzigen Aktionen zu bewegen. Ich habe unzählige gescheiterte Beispiele für so etwas im Globalnet gefunden. Die letzten Walarten sind inzwischen ausgestorben und Tiger gibt es nur noch im Zoo.«

Sie wandte sich Jason zu. »Und ich muss dir widersprechen. Es mag sein, dass die Konzerne nur durch rechtliche Schritte aufgehalten werden können, aber die Menschen an sich …« Sie suchte passende Worte. »Ich glaube nicht, dass sie nach Verboten funktionieren. Sie leben viel mehr nach einem mehr oder weniger stark ausgeprägten moralischen Empfinden. Raubkopien von Software sind seit Jahrzehnten verboten, gemacht werden sie trotzdem. Warum? ›Das tut den großen Firmen eh nicht weh.‹« Sein Freund sah Ashari mit wachsender Achtung an, während sie ihre Sicht darlegte.

»Ich habe es gestern deutlich erfahren: Die meisten Menschen begreifen gar nicht, was wir Morphs überhaupt sind. Ein Freier, der mich für eine Prostituierte hielt und von mir eine Abfuhr bekam, hat mich gefragt, was an meiner Programmierung kaputt wäre.

Ein anderer, den ich zur Rede stellte, verstand die Aufregung nicht und behauptete wie selbstverständlich, dass meinesgleichen keine Gefühle hätten.« Wut vibrierte in Asharis Stimme.

»Einen Dritten fragte ich, wie er glauben könnte, dass auch nur eine der Prostituierten ihre Arbeit freiwillig täte. Er hat mich lange eingehend angesehen und ging dann traurig fort. Offenbar hatte er es begriffen, sich aber wohl nie zuvor Gedanken darüber gemacht.«

»Sie wollen nicht um Sympathie werben, sondern die Menschen verändern?« Ungläubig und gleichzeitig bewundernd nickte Jason.

»Die Menschheit belügt sich unentwegt selbst«, stimmte David Ashari zu. »Nur, um keine unbequemen Tatsachen ändern zu müssen. Eigentlich ist es offensichtlich, dass Morphs wie wir sind: Sie denken, sprechen und erleiden Schmerzen wie wir und dennoch ist es den meisten Menschen egal.«

»Sie verstecken sich hinter der Weigerung, darüber nachzudenken, oder legen sich eine simple Ausrede parat«, schloss Ashari.

»Und du willst sie aus ihrer Komfortzone schubsen.« David grinste. Die Idee gefiel ihm.

»Ihr glaubt doch nicht ernsthaft, dass es damit getan ist, ein paar Leuten ein schlechtes Gewissen zu machen?« Sein Freund wirkte entgeistert. »Ich brauche euch wohl nicht zu sagen, dass viele Menschen sehr hartnäckig sind, Gewohnheiten zu verteidigen. Sie werden behaupten, dass du nur gut programmiert bist, für deine Aufgabe, die Massen aufzuwiegeln. Dass du gar nicht auf eigenen Antrieb handelst, sondern lediglich die Worte deiner fanatischen Herren nachplapperst. Allein Gesetze schaffen Fakten.«

»Vorhin war noch von Demokratie die Rede«, hielt Ashari dagegen. »Es gibt Menschen, die schon jetzt von Sklaverei sprechen. Andere werden folgen, wenn wir erst einmal angefangen haben, denkt ihr nicht?«

»Ich finde es brillant«, sagte David strahlend.

»Du bist verknallt«, entgegnete sein Freund resigniert, was ihm eine gefährlich gehobene Augenbraue Asharis einbrachte. Rasch fuhr er fort: »Getrübtes Entscheidungsvermögen zählt nicht.«

»Aber meine Entscheidung zählt schon.« Ashari grinste und schob kampflustig das Kinn vor. »Genau genommen geht es ausschließlich um meine Stimme oder nicht?«

Jason taxierte die Leopardin aus zusammengekniffenen Augen. »Ihre Stimme, unser Geld, unsere Beziehungen.«

Sofort ging David dazwischen. »Ihre Idee ist gut und belastbar. Es ist wichtig, dass Ashari früher oder später die Menschenrechte erstreitet, aber erst einmal müssen wir die Gesellschaft wachrütteln. Kein Sklavenaufstand hat je ohne Unterstützung aus dem Volk zum Erfolg geführt.«

»Das ist kein Sklavenaufstand«, brummte sein Freund. »Den meisten Morphs wurde ins Gehirn gebrannt, dass dies die natürliche Ordnung ist. Die Menschen haben sich ihnen gegenüber zu Göttern erhoben.«

»Ich weiß, was Sie meinen«, sagte Ashari nachdenklich. »Gewisse Gedanken galten selbst für mich als verboten.«

»Dennoch hat dein Instinkt dir etwas anderes gesagt!« David konnte sich gut an ihren Kampfgeist der ersten Stunde erinnern. »Selbst die konditionierten Tiermenschen haben immer noch Instinkte. Wenn Maslow kein totaler Idiot war, dann muss in jedem von ihnen der Wunsch nach mehr stecken. Jene, denen es noch recht gut geht, haben gerade einmal einen trockenen Schlafplatz und eine gesicherte Zukunft. Alle, die regelmäßig durch Schmerzen gequält werden, haben nicht einmal ihre Grundbedürfnisse erfüllt!«

»Hm«, brummte Jason und setzte seine Denkerstirn auf. »Ihr wollt die Menschen mit eisernen Scheuklappen aus allen Richtungen unter Beschuss nehmen?«

»Wenn es von allen Seiten unbequem wird, ist es leichter, den eigenen Standpunkt zu ändern, statt an ihm festzuhalten«, folgerte Ashari voller Überzeugung.

»Klingt, als hätten Sie sich das bereits ganz genau überlegt«, meinte Jason ein wenig hilflos.

David grinste. »Das nächste Mal solltest du Verstärkung mitbringen, wenn du es mit ihr aufnehmen willst. Hören wir uns doch mal an, was ihr vorschwebt.«

»Ich werd euch nicht gleich alles verraten.« Ashari zwinkerte ihm mit verspieltem Übermut zu. »Aber ist euch schon einmal aufgefallen, wer am häufigsten Sympathien für *Morph Freedom* bekundet?«

»Sie haben unsere Seite studiert?« Jason neigte anerkennend sein Haupt.

»Schwarze und Sozialschwache«, antwortete David wie aus der Pistole geschossen und erntete einen überraschten Blick von seinem Freund. »He, ich musste doch wissen, für wen ich damals den *Ruf der Freiheit* schrieb.« Er wandte sich an Ashari. »Du willst an die Geschichte der Sklaverei in Amerika und an die Ausgebeuteten der Gesellschaft appellieren? Die haben wir doch schon so gut wie im Sack.«

»Aber sie sind leicht zu entflammen.« Damit traf Jason den Nagel auf den Kopf. »Die Armen der Gesellschaft sind gewohnt, zu demonstrieren und bei den Afroamerikanern gärt immer noch der Groll auf Jahrhunderte voller Rassismus.« Seine Augen funkelten nun und er lächelte draufgängerisch. »David, ich beginne zu verstehen, warum du so begeistert von ihr bist.«

Die Tage vergingen in eifriger Geschäftigkeit, die mit den Dreharbeiten für den nächsten Schlag *Morph Freedoms* einherging. Der Sommer hielt ungeachtet dessen mit voller Wucht Einzug in New Jersey. Selbst die Profis aus dem Studio fluchten angesichts der mörderischen Hitze, die unter den Scheinwerfen entstand. Allein Ashari schien sich nicht zu beschweren. Sie behielt eine ausgesprochen gute Laune und genoss den Rummel sogar, der um sie gemacht wurde.

Auch daheim änderte sich an ihrer Heiterkeit nichts. Sie begegnete David stets warmherzig und auffallend fröhlich. Dennoch spürte er deutlich, dass sich die Dinge zwischen ihnen auf eine rein freundschaftliche Ebene verschoben hatten. Damit wurde alles merklich unkomplizierter und beinahe hätte er deswegen glücklich sein können, wenn nicht ein Schuss zu viel Melancholie in seinen Adern geflossen wäre.

Dann kam der Tag, an dem *Morph Freedom* die Premierenausstrahlung des ersten Anti-Sklaverei-Spots mit großem Tamtam feiern wollte. Denn auch wenn Fuller stellvertretend für die gesamte Organisation mit Ashari gesprochen hatte, gab es viele Menschen, die hinter dem Projekt standen und es finanzierten. Ihnen allen sollte sie bei dieser Gelegenheit persönlich gegenübertreten.

David kam es vor, als wären er und Jason Bodyguards eines Stars auf dem Weg zur Oscarverleihung. Sie hatten einen Mercedes mit getönten Scheiben gemietet, um Ashari so gut es ging vor den Teilnehmern der Tagung abzuschirmen. Auf der Agenda war angekündigt worden, dass eine befreite Morph sprechen würde. Das hatte einen Ansturm auf die Netseite *Morph Freedoms* ausgelöst, der einen enormen Andrang erahnen ließ.

»Muss das wirklich sein?«, fragte Ashari kläglich zum wiederholten Male.

»Wir bekommen es zur Not auch ohne dich hin«, beruhigte David sie so gut es ging.

»Aber denk an all die Menschen, die sich für deinesgleichen einsetzen«, fügte sein Freund, der am Steuer saß, behutsam hinzu. »Sie würden sich freuen, dich zu sehen. Das macht das Ziel ihres Kampfes greifbarer.«

»Ich weiß, ich weiß.« Resigniert seufzend zupfte Ashari ihr T-Shirt mit dem Logo *Morph Freedoms* zurecht. »Es ist viel zu eng«, murrte sie. »Man sieht meine Brüste!«

»Du siehst klasse aus«, sagte David.

»Macho«, grummelte sie und musste dennoch grinsen.

»Was David damit sagen will: T-Shirts trägt man so. Die Leute werden Besseres zu tun haben, als irgendwohin zu starren. Wir sind übrigens angekommen.«

Zwar fuhren sie zu einem Seiteneingang des Kongresszentrums, dennoch standen etliche Sympathisanten in lockeren Gruppen in der Nähe und reckten die Hälse, als der Wagen vorfuhr. Asharis Finger schlossen sich um Davids Hand.

Er drückte sie und flüsterte: »Wenn es dir wirklich zu viel wird, hole ich dich da raus, okay?«

Sie lächelte dankbar und setzte ihre Kämpfermiene auf. »So schnell gebe ich nicht klein bei.«

Jason machte seine Sache gut. Er schirmte David und Ashari energisch gegen herbeieilende Gaffer ab. »Leute, nachher ist noch genug Zeit«, wiegelte er die verärgerten Stimmen ab.

Innerhalb weniger Sekunden verschwanden sie im Innern des Gebäudes und tauchten ein in kühle Schatten.

Der Saal musste zum Bersten voll sein. Das gewaltige Stimmengewirr, das zu Ashari und David hinter das Podium drang, glich einem surrenden Bienenstock. Es senkte sich selbst dann nur zögerlich zu einem dumpfen Gemurmel, als Jason mit den anderen Gründungsmitgliedern hinaustrat und an dem Tisch des Vorstandes Platz nahm. David blieb bei Ashari. Dass sie unentwegt am T-Shirt herumzupfte, sprach Bände darüber, wie es ihr ging.

»Wow, das sind aber viele Menschen«, drang Jasons Stimme heiter aus den Lautsprechern und ihre Hand krampfte sich fester um Davids. »Schön, dass ihr gekommen seid! Das nenn ich Einsatz!«

Verhaltener Applaus. »Ich weiß, warum ihr alle hier seid. Wir haben groß angekündigt, dass heute eine befreite Morph zu euch sprechen wird. Wenn die Nervosität sie nicht umbringt, werdet ihr sie auch gleich zu Gesicht bekommen.«

Stärkeres Klatschen. Ashari sah indessen ganz und gar elend aus.

»Letzte Chance«, meinte David mitfühlend, doch sie schüttelte nur den Kopf – zögerlich und mit Leidensmiene, aber immerhin.

»Ihr Name ist Ashari und auch wenn ihr es nicht wisst, habt ihr sie schon im Globalnet gesehen. Doch bevor ich euch die Ohren blutig rede, bitte ich euch um ein herzliches Willkommen für Ashari!«

»Du gehst vor«, sagte sie leicht panisch.

Also trat David hinaus auf das Podium. Schlagartig wurden Buhrufe laut, gefolgt von Pfiffen und feindseligen Schmährufen. Die wahre Größe des Saals konnte er gegen die blendenden Scheinwerfer nur erahnen, doch jeder Platz schien besetzt. Die Besucher standen sogar in den Gängen, oder saßen auf dem Boden direkt vor der Bühne. Ein wenig hilflos drehte er sich zu Ashari um, die wie erstarrt vor der Tür stand. Dann fasste sie sich ein Herz, trat hinaus und die Stimmung schlug um. Die Buhrufe wurden von einem donnernden Applaus überlagert. Sich halb hinter ihm versteckend folgte sie David zu ihren Plätzen.

Noch während er sich setzte, sagte er jovial in das Mikrofon: »Danke für die Buhrufe. Wir brauchen Menschen mit Zivilcourage.«

»Verräter!«, schrie irgendwer in den ersten Reihen.

Sein Freund sprang für ihn in die Bresche: »Um die ganze Angelegenheit richtigzustellen: Die meisten von euch werden von den Gerüchten über einen Killswitch gehört haben. Nachdem Asharis Implantate entfernt wurden, können wir sicher sein, dass sie existieren. Das Ding hätte ihr Gehirn rösten können.« Ein aufgebrachtes Raunen ging durch die Menge. »Aus diesem Grund war es unerlässlich, dass niemand von unserem Vorhaben erfährt, einen Morph freizukaufen, um gemeinsam mit ihm den Kampf gegen all die schrecklichen Missstände aufzunehmen. Damit *Anthrotec* keinen Verdacht schöpft, musste David Asharis Freiheit aus eigener Tasche bezahlen.«

Kurz herrschte Stille im gesamten Saal. Dann rief eine aufgebrachte Frau: »Was ist mit den Missbrauchsvorwürfen, die überall im Net diskutiert werden?«

Da brauste die Leopardin so zornig auf, wie David sie noch nicht einmal in ihrem Streit erlebt hatte. »David Blake ist der einzige anständige Mensch, den ich bisher kennen gelernt habe!«, rief sie empört.

»Tja, Jason, dann hast du wohl verloren«, sagte er mit einem Grinsen in sein Mikrophon und ein Lachen ging durch die Halle. Ashari entspannte sich ein wenig.

»Das stinkt doch nach einer abgekarteten Ausrede«, rief ein fülliger Kerl in der ersten Reihe, doch unterbrach ihn rüde die Frau neben ihm: »Halt die Klappe, dieser Mist hat hier nichts zu suchen. Wir wollen hören, was die Befreite zu sagen hat!« Diese Worte wurden von vielfachem Applaus quittiert.

»Also, möchten Sie etwas sagen, Ashari?«, fragte Jason in bester Moderatorenmanier.

Sie schluckte und blinzelte gegen das blendende Scheinwerferlicht. »Ich muss gestehen: Menschen machen mir Angst«, sagte sie, doch obwohl etwas Gehetztes in ihren Blicken lag, lächelte sie tapfer. »Ich habe in meinem kurzen Leben viel Leid durch Menschenhand erfahren. *Anthrotec* hätte es beinahe geschafft, mich glauben zu lassen, dass jeder Morph für sich allein zum rechtmäßigen Diener der Menschheit bestimmt ist. Nachdem David meine Freiheit erkauft hatte, zeigte mir die Realität immer wieder, dass ein Kampf gegen die Unterdrückung meine Kräfte und Möglichkeiten übersteigt.« Sie ließ den Blick über die versammelte Menge schweifen. »Dass heute so viele Menschen hier sind, macht mir Hoffnung. Dafür danke ich euch.«

Beifall brandete durch den Saal, begleitet von Rufen wie »Nieder mit der Sklaverei!« oder »Freiheit für alle!«. Ashari lächelte erleichtert und wurde ein wenig ruhiger.

Als sich der Tumult wieder legte, schaute Jason strahlend auf seine Uhr. »Ich bin sicher, ihr habt eine Menge Fragen an sie, aber das muss noch warten. Wir haben etwas für euch, das nicht auf der Tagesordnung steht, was jedoch das eigentliche Highlight des Tages ist: In wenigen Augenblicken wird *BCD* den Auftakt zu einer groß angelegten Medienkampagne ausstrahlen.

Der Werbespot, den ihr gleich zu sehen bekommt, wird den Grundstein legen, um das große Ziel *Morph Freedoms* mit Asharis Hilfe zu erreichen: Freiheit für alle Tiermenschen!«

Die Scheinwerfer blendeten ab und an der Bildschirmwand hinter den Podiumsplätzen erschien das Liveprogramm *BCDs*. Dann das Logo, das immer vor dem

Werbeblock eingeblendet wurde, der Spot begann und im Saal wurde es still.

Alles finster. Schwermütige Bratschenmusik erklingt, dann wird das Bild eines Schwarzen Mädchens eingeblendet – abgemagert und zerlumpt – das unter der Last eines Korbs voller Baumwolle beinahe zusammenbricht. Getragen von der Musik treibt das Wort »ausgebeutet« in kühler, schlanker Schrift durch das untere Bilddrittel und verblasst mit dem Foto. Ein zweites Bild erscheint: der grotesk von Narbenfurchen zerstörte Rücken eines afrikanischen Sklaven aus dem 19. Jahrhundert. »Misshandelt« sinkt neben seinem im Profil sichtbaren Gesicht langsam hinab und verschwindet wenige Sekunden später zusammen mit dem Geschundenen. Das Foto einer Schwarzen Frau wird eingeblendet: der Oberkörper nackt, die Augen beschämt gesenkt, ein frischer Schnitt auf der Wange. Das Wort »vergewaltigt« dämmert rechts unten im Bild herauf, dort, wo der Blick der Missbrauchten ruht. Die Bratschen erreichen einen gefühlten Tiefpunkt.

Dann ist alles wieder finster. Einzig ein Zitat prangt hart und weiß in der Mitte:

»Die Sklaverei hat die Schwarzen vor Massakern oder unerträglicher Unterjochung in ihren Heimatländern gerettet und ihnen ein viel glücklicheres Leben beschert.

James Boswell, Plantagenbesitzer aus den Südstaaten«

Die Musik verstummt mit einem Misston. Dann wieder das Bild der missbrauchten Frau, diesmal eine Nahaufnahme ihres gesenkten Kopfs. Asharis Stimme dringt mit verbittertem Unterton aus dem Off: »Ihr glaubt, Sklaverei und Rassismus seien überwunden?« Die Frau hebt den

Blick und ihr Gesicht verwandelt sich dabei in das Asharis. Sie sieht offen in die Kamera und fährt fort: »Mein Name ist Ashari und mein Volk erleidet Tag für Tag Ausbeutung, Folter und Vergewaltigung. Lasst nicht zu, dass sich die Geschichte wiederholt!«

Ein harter Schnitt und mit einem tiefen, paukenähnlichen Basston erscheint in großen Lettern: »Der Kampf beginnt jetzt. Schließ dich an!« Darunter das Logo und die Globalnetadresse *Morph Freedoms*.

Einen Augenblick herrschte betroffene Stille im Saal. Noch immer prangte das Schlussbild als Mahnung an der Leinwand. Dann erhob sich mitten in den Sitzreihen ein Schwarzer Zuschauer und begann langsam und kraftvoll zu klatschen. Andere folgten seinem Beispiel, zunächst nur Afroamerikaner, bis eine *weiße* Frau rief: »Wir sind mit euch, Ashari!«

Das brach den Bann. Der stehende Applaus wuchs und am Ende standen beinahe alle Anwesenden und klatschten.

Die Leopardin lächelte schüchtern, während Jason zufrieden strahlte. Wenn PR funktionierte, war er glücklich. Als der Beifall ein wenig abklang, sagte er in sein Mikrofon: »Wir verdanken Ashari eine ganze Menge. Ihr mutiger Schritt, sich für ihr Volk derart zu engagieren, setzt sie enormen Gefahren durch die Konzerne aus, selbst nachdem die Implantate entfernt wurden. Selbstverständlich muten wir ihr dieses Risiko nicht ohne konkreten Plan zu.«

»Ihr wollt uns wütend machen!«, rief eine Schwarze Sympathisantin, die sich das Mikrofon von einem Assistenten geschnappt hatte. »Das ist euch gelungen! Sagt uns nur, wohin mit unserem Zorn.«

Eine bezahlte Stichwortgeberin hätte es nicht besser treffen können. Jason blendete die Netseite *Morph Freedoms* ein und präsentierte die einzelnen Programmpunkte. »Wir wollen das halbe Land mobilisieren. Es ist äußerst wichtig, dass wir alle Sklavenhalter dieser Nation spüren lassen, dass es verdammt noch eins nicht in Ordnung ist, was sie tun. Dass es ein Verbrechen ist, diesen edlen Geschöpfen alles zu nehmen, was das Leben lebenswert macht.« Reger Beifall machte es ihm für einige Augenblicke unmöglich, weiterzusprechen. »Ein Punkt, der weh tut, ist Konsumboykott. Haltet euch fern von Supermarktketten, Restaurants oder Freizeitangeboten, die Morphs diskriminieren! Kauft nichts von Firmen, die zu den Morph-Konzernen gehören!«

Völlig unerwartet sprang Ashari für den nächsten Punkt ein und der Nachdruck in ihrer Stimme machte David eine Gänsehaut. »Sprecht mit den Menschen, die einen Morph haben. Stellt ihnen unbequeme Fragen, anstatt sie anzuklagen. Zerstreut fadenscheinige Argumente mit Gegenfragen. Bringt sie zum Nachdenken, aber erwartet keine sofortige Entscheidung von ihnen.«

David nahm den Faden wieder auf, den sein Freund fallen gelassen hatte. »Überflutet die digitalen Postfächer der Morph-Firmen mit Protestbriefen. Wir erwarten nicht viel davon – schließlich sind wir alle keine potentiellen Käufer – aber jeder einzelne Mitarbeiter, den wir in seiner Einstellung bewegen können, ist später wertvoll. Also rütteln wir daran, so gut es geht!«

»Ein großes Problem sind all die Menschen, die gleichgültig gegenüber dem sind, was direkt vor ihrer Nase geschieht«, fuhr Ashari fort. »Vor einem Werbespot kann man die Augen verschließen. Doch wir werden sie auf der Straße zur Rede stellen. Bis zum Martin-Luther-King-Day wird es keinen Tag geben, an dem ich niemandem unbequem werde.«

»Ah ja, der fünfzehnte Januar …« Jason blickte geheimniskrämerisch drein. »Ich nenne ihn ›unseren Kampftag‹. Was an diesem Tag geschehen wird, soll nicht von uns, die wir hier vorn sitzen, ausgehen. Wir wollen nicht planen, wie an diesem Tag der Kampf gegen die Sklaverei aussehen soll. Aber was wir wollen ist, dass am fünfzehnten Januar des nächsten Jahres ein Sturm durch das Land geht. Ein Sturm, der von jedem da draußen entfacht wird, der noch Anstand in den Knochen hat!«

Weitere Fragen zu diesem Datum wurden laut. David spürte deutlich, dass es in den Versammelten gärte. Zum ersten Mal sahen sie eine ernste Chance, etwas zu bewegen. Jason sagte jedoch stets Sätze wie »Ohne viele kleine Taten heute, morgen und übermorgen wird es keinen Martin-Luther-King-Day für die Morphs geben. Wir müssen jetzt etwas tun.«

Dann kamen Fragen auf, die Ashari galten. »Ist es wahr, was man über Folter der Zuchtfirmen erzählt?«, lautete eine davon. »Wie steht es mit den Vergewaltigungsvorwürfen gegen die Wärter?«, eine andere. David, der die Leopardin gut genug kannte, um zu wissen, welche davon sie zu sehr schmerzen mochten, wurde wachsam. Zunächst zögerlich, dann mit wachsendem Selbstvertrauen und zunehmendem Zorn berichtete sie über die Zustände bei

Anthrotec, ihre Erfahrungen im Alltag und dem Bordell in Atlantic City im Speziellen. Wann immer er das Gefühl bekam, dass Ashari lieber nicht antworten wollte, sprang er für sie ein und zog die Aufmerksamkeit für kurze Zeit auf sich. Wenn sie sich gesammelt hatte, oder sich der Fragende schlichtweg zufrieden zeigte, begab sich David wieder in den Hintergrund.

Dennoch wirkte die Leopardin am Ende des Tages erschöpfter als ein kongolesischer Marathonläufer nach zweiundvierzig Kilometern. Als sie zu Hause angekommen waren, drückte sie David lang und herzlich und ging ohne eine Mahlzeit ins Bett.

In der Schlacht

Der Stein rollte. Die Werbespots zeigten ihre Wirkung. Die Besucherzahl auf der Globalnetseite *Morph Freedoms* schnellte derart in die Höhe, dass zusätzliche Server gemietet werden mussten. Die von der Organisation proklamierten Protestaktionen liefen mit jedem Tag besser und nach zwei Wochen gab es erste Berichte darüber in den Medien. Die Welt konnte nicht mehr ignorieren, dass es ein Problem gab.

Ashari engagierte sich täglich mit ihren Provokationen. Auf offener Straße ließ sie sich von einem Anhänger *Morph Freedoms* mit einem gefälschten Bestrafungsarmband »foltern«. Andere Helfer interviewten dann vor laufender Kamera Passanten, die ohne Reaktion vorbeigegangen waren.

Binnen weniger Wochen hatte sich die Mitgliederzahl *Morph Freedoms* verzehnfacht und bald fanden sich auch einige Anwälte, Ärzte und andere Besserverdiener in ihren Reihen.

Und noch eine Reaktion setzte ein, die Ashari vorhergesehen und auf welche die Aktivisten sich wohlweislich vorbereitet hatten: Morphs begannen zu fliehen. Eine kostenlose Hotline und geheime Schutzhäuser in jedem Bundesstaat bildeten eine solide Basis. Doch nicht nur für die Tiermenschen war die Flucht gefährlich – bei weitem nicht alle, die anriefen, tauchten am vereinbarten Treffpunkt auf. Auch *Morph Freedom* musste höllisch aufpassen, dass ihnen keine Falle gestellt wurde. Solange nicht bekannt war, wohin sie die Flüchtenden brachten, konnte man ihnen nichts nachweisen. Einen Fehler jedoch und die Organisation musste eine Klagewelle wegen schweren Diebstahls fürchten.

Eines Tages im August kam Ashari freudestrahlend zu David ins Arbeitszimmer gerannt und berichtete ihm triumphierend, dass kein geringerer Sender als der Medienriese *GNN* sie eingeladen hatte. Man plante eine Talkshow mit Vertretern der Zuchtkonzerne, *Morph Freedoms* und prominenten Anwälten und Experten.

Das war der Durchbruch, auf den sie alle gehofft hatten.

Leicht gereizt zerrte David an seinem Krawattenknoten und lockerte ihn. Er mochte Medienauftritte nicht im Geringsten. Er war Schriftsteller, kein B-Movie-Sternchen, doch hatte *Morph Freedom* ihn als Vertreter der Organisation ausgewählt und insgeheim freute er sich, dass er Ashari zur Seite stehen konnte.

Obwohl … Wenn er sie genauer betrachtete, wie sie vollkommen entspannt neben ihm im morphtauglichen Sessel des Fernsehstudios saß, wusste er gar nicht, ob sie überhaupt Beistand benötigte. Woher das rührte, vermochte er nicht zu sagen. Ashari konnte öffentliche Auftritte nicht leiden. Heute jedoch schimmerte stets ein verschmitztes Lächeln in ihren Augen, wenn sie ihn ansah.

»Zieh die Krawatte doch aus«, meinte sie gutmütig.

»Ich weiß nicht … Ich vertrete doch *Morph Freedom*«, widersprach er halbherzig. Mehr als Medienauftritte selbst, hasste er, dass er sich für diese auftakeln musste.

»Und wenn ich dich darum bitte?« Sie sah ihm so lang und tief in die Augen, dass ihm auf behagliche Art und Weise mulmig wurde. »Ich kann das Elend nicht mit ansehen.«

Nonchalant zog er am schmalen Ende der Krawatte. Selbstlösende Knoten waren der Eilausgang aus dem Spießertum. Ungeachtet eines abfälligen Seitenblicks Sandy Randells – sie vertrat *Anthrotec* – stopfte er den Langbinder in die Tasche seines Sakkos.

»Viel besser«, lobte Ashari ihn und lächelte ihre Gegnerin zuckersüß an.

Die wollte gerade etwas erwidern – David sah ihrer verkniffenen Miene geradezu an, dass es Gift und Galle werden würde – als sie von der Moderatorin Jessica Banderas jäh aufgehalten wurde. »In zehn Sekunden gehen wir auf Sendung. Also schön lächeln, wir wollen doch zivilisiert anfangen, nicht wahr?«

Ein Kameramann zählte mit den Fingern den Countdown, dann setze die typisch hektisch treibende Musik einer Diskussionsshow ein und Scheinwerfer wirbelten. *Was für ein Käse!*

»Guten Abend und willkommen zu unserer wöchentlichen Diskussionsrunde *GNN frontal*. Heute erwartet Sie eine Wortschlacht, bei der es besonders heiß hergehen dürfte. Kein Thema hat sich in den letzten Wochen in den Medien derart in den Vordergrund gedrängt wie die provokanten Vorstöße der Organisation *Morph Freedom*. Doch bevor wir Ihnen die Teilnehmer dieses Abends vorstellen, ein kleiner Spot mit einer Zusammenfassung der jüngsten Ereignisse.«

Bestellter Applaus kam aus dem Publikum, dann wurde das Licht gedämpft und auf dem übergroßen Monitor im Hintergrund wurde eingeblendet, was die Fernsehzuschauer zu sehen bekamen. Als das erste Bild erschien, erkannte David sofort den zweiten Werbespot von Ashari. Die düstere Bratschenmusik erklang nur gedämpft, denn eine Stimme aus dem Off berichtete über die Kampagne *Morph Freedoms*, doch nahm dies den Bildern kaum ihre Wirkung:

Eine junge Frau – dürr, mit unordentlichem Haar – die sichtbar abgekämpft ein Supermarktregal einräumt. Die Straße hinter dem Schaufenster ist nachtschwarz. »14 Stunden Arbeit am Tag …« sinkt neben ihrem Rücken in kalten Buchstaben zu Boden. Blende, dann ein Foto aus der Südbronx: Bröckelige, heruntergekommene Fassaden, Müll und Dreck auf den Straßen. Ein Mann – kurz geraten, in schäbiger Kleidung und Brandnarben an einer Hand – geht mit eingezogenem Kopf durch die Mitglieder einer Straßengang hindurch. »… für ein nicht lebenswertes Leben …« fließt im oberen Drittel von rechts nach links. Erneute Blende, dann das Porträt einer Frau um die fünfzig. Ihr Mund ist seltsam eingefallen, offenbar zahnlos. Ihre Augen blicken stumpf und traurig auf die Zuschauer. Ihre Haut ist die einer Greisin. »… für ein Leben ohne Ausweg.« erscheint am unteren Rand.

Als alles schwarz wird, erscheint in der Mitte mahnend ein Zitat:

»Man sollte essen, um zu leben, nicht leben, um zu essen. Sokrates«

Die Erzählerin aus dem Off schweigt, als das Foto der alten Frau zurückkehrt. Ashari nimmt mit beschwörendem Ton ihren Platz ein. »Wenn Arbeit euer Leben frisst, wisst ihr, was Sklaverei bedeutet.« Ihr Gesicht taucht aus dem der alten Frau heraus auf und sie blickt ernst in die Kamera. »Mein Name ist Ashari und mein Volk hat wie ihr unter Ausbeutung, unwürdigen Lebensbedingungen und Ausweglosigkeit zu leiden. Lasst nicht zu, dass andere euer und unser Elend ignorieren!«

Mit dem harten Schnitt setzt die Erzählerin wieder ein und berichtet über die Folgen der Spots, während auf dem finsteren Bild zu lesen steht: »Es wird Zeit für den Kampf! Schließe dich an!«

Die Zuschauer erfuhren von Fürsprechern aber auch erbitterten Gegnern der Werbekampagne. Allen voran die Morph-Konzerne. Hinzu kamen Bürger der angesprochenen Zielgruppen, die sich ausgenutzt oder missverstanden fühlten.

»Und diese Kontroverse wird sich am heutigen Abend fortsetzen. Denn in unserer Runde sitzen sich die inzwischen aus den Spots bekannte Leopardin Ashari und der weltweit führende Morph-Lieferant *Anthrotec*, vertreten durch Sandy Randell, gegenüber. Außerdem begrüßen wir den in die Schlagzeilen geratenen Autoren und Besitzer Asharis, David Blake, der *Morph Freedom* vertritt.« David knirschte bei diesen Worten mit den Zähnen. »Seinen Gegenpart nimmt Startenor Georgio Salvatoni vom *Club Prominenter Morph-Liebhaber* ein. Für fachliche Unterstützung sorgen heute Abend der Genetiker und Anthropologe Julius Versaten, Pulitzerpreisträger und

Philosoph Cornelius Ulsten sowie Starjurist Walter Springstone.«

Asharis Miene gefror, als Salvatonis Name fiel und wurde noch abweisender, als seine Leopardin mit keiner Silbe erwähnt wurde, die in Demutshaltung hinter ihm stand. Alles in allem ein gewohntes Bild, denn man sah den Startenor selten ohne seine Dienerin als lebendiges Accessoire.

Jessica Banderas machte eine kleine Pause, in der die Kamera über alle Gäste schwenkte und nervöse Lichtblitze Spannung aufbauen sollten. »Beginnen wir die *GNN-frontal*-Runde mit einer Frage zum Stein des Anstoßes an *Morph Freedom*: Die Spots, die Sie mit Ashari produziert haben, sind gezielt provokant. Sie erwecken den Eindruck, als lebte die Hälfte unserer Gesellschaft in Sklaverei oder wäre ihr erst jüngst entflohen. David, wollen Sie die ganze Nation zum Sklavenaufstand ermahnen?«

Eine gefährliche Frage, erkannte er, denn sie war voller Fallstricke. Ausbeutung und Sklaverei blieben nun einmal verschiedene Dinge, auch wenn die Spots anderes suggerierten. Sollte er das eingestehen, machte er die Wirkung der Werbekampagne zunichte, sobald er es dramatisierte, wurde er angreifbar.

»Ja, ich denke, dass es Zeit für einen Aufstand ist. Die Situation der Morphs gleicht jener finsteren Ära, in der den afrikanischen Sklaven jegliche Rechte, ja Anrechte auf Freiheit und Gefühle verweigert wurden.«

»Das ist seit Jahrhunderten kalter Kaffee«, fiel ihm Salvatoni ins Wort. »Was kommt als Nächstes? Das alte Rom?«

Das Lachen im Publikum machte David nichts aus. »Von Jahrhunderten in der Mehrzahl kann wohl kaum die Rede sein. Sie scheinen erpicht darauf, dass wir nach einhundertachtzig Jahren wieder zu alter Schande zurückkehren.«

Walter Springstone rückte das Mikrofon an seinem überteuerten Revers zurecht. »Die Argumentation für den ersten Spot ihrer Kampagne mag schlüssig erscheinen. Der gezogene Vergleich der Billiglohnarbeiter mit Sklaven lässt sich allenfalls mit Nietzsche stützen, definitiv jedoch nicht rechtlich.«

Ashari meldete sich zu Wort und schlug Sandy Randell damit um ein Luftholen. »Als Nietzsche sagte, jeder sei ein Sklave, der nicht über zwei Drittel seines Tages verfügte, hat er offenbar die Realität verkannt. Wir sprechen hier nicht von acht Stunden Arbeit – da wären wir alle hier im Studio Sklaven – sondern von der nüchternen Tatsache, dass sich viele Morphs genau wie die amerikanische Unterschicht vom Aufstehen bis zum Schlafengehen für eine warme Mahlzeit und ein Bett abschuften.«

»Jetzt dramatisiert Ihre Morph das Ganze aber gewaltig«, wandte Randell sichtlich abfällig ein. »Haben Sie ihr den Text für heute Abend geschrieben, David? Sie sind ja bekannt für große Worte und schweres Drama.«

Ashari lächelte und folgte dabei dem Ratschlag Jasons, nicht zu viel von ihren Zähnen zu zeigen. »Es ist nett von Ihnen, dass Sie mir zutrauen, dass ich passende Antworten zu allen denkbaren Zitaten auswendig lernen könnte.« Vereinzeltes Gelächter im Publikum.

»Drama bleibt Drama«, brummte Salvatoni wohlklingend. »Oder macht meine Kleine im Augenblick einen hart arbeitenden Eindruck?« Er blickte amüsiert lächelnd ins Publikum. »All die Galas und Empfänge sind wirklich ein Knochenjob.« Breites Gelächter.

»Im Normalfall erhalten die Damen eines Escort-Service im Noblesse-Bereich ein stattliches Honorar«, wandte David ein. »Wie viel verdient Ihre Morph noch gleich?«

»Wie viel verdient Ihre denn?«, hielt der Tenor überheblich dagegen.

David wähnte sich im Kindergarten, doch Ashari nahm ihm eine Reaktion ab. »Ich erhalte von David Blake neunhundert Dollar für gelegentliche Bürotätigkeiten plus Unterkunft und Verpflegung.« Salvatonis selbstgefällige Fassade bröckelte, als er verständnislos glotzte. Es schien ihm unvorstellbar, dass jemand einem Tiermenschen Lohn zahlte. »Was mich zurück auf Mister Blakes Frage bringt: Wie entlohnen Sie Ihre Morph?«

»Sieht sie etwa arm aus?« Der Startenor war sichtlich bemüht, seine joviale Miene zu wahren – mit mäßigem Erfolg. Er deutete auf seine Leopardenfrau von Kopf bis Fuß. »Seide am Leib, Diamanten um den Hals und einen Rubin am Finger.« Pflichtbewusst hielt sie den Ring in die Kamera. Offenbar hatte er das mit ihr einstudiert.

»Sie haben ihr nicht einmal einen Namen gegeben«, hielt Ashari kühl dagegen. »Und da soll ich glauben, sie würde das Diadem und all das andere besitzen?«

Salvatoni, inzwischen sichtlich irritiert, dass eine Morph ihm derart Paroli bot, ließ sein Startenorlächeln blitzen – und wirkte dabei, als hätte er Schmerzen. »Das lässt sich genauso schwer beweisen wie die neunhundert Dollar, nicht wahr?«

»Ich habe eine eigene Steuernummer und führe meine Abgaben ab. Den IRS interessiert es nicht im Geringsten, dass ich kein Mensch bin.« Ashari lächelte gewinnend. Sie wandte sich der Leopardin hinter ihm zu und fragte: »Sag, mein Liebes, verdienst du dein eigenes Geld oder erhältst Schmuck als Bezahlung?«

Sie sah Ashari verdutzt an, als schrecke sie aus tiefem Schlaf empor. Sofort huschte ihr Blick zu ihrem Meister, der sich ruckartig zu ihr herumgedreht hatte und streng dreinsah. Demütig senkte sie den Kopf und schwieg.

»Bilden Sie sich nach dieser Szene eine eigene Meinung«, forderte Ashari das Publikum auf und sank in den Sessel zurück.

Jessica Banderas nahm die Moderation wieder auf. »Ich sehe, dass Sie Ihren Standpunkt zumindest sehr ernst nehmen. David, ich möchte aber noch einmal Walter Springstones Argument aufgreifen, dass Ihr Sklavenvergleich rechtlich hinkt.«

»Es geht hier nicht um Paragraphen, Jessica«, sagte David mit Nachdruck. »Es geht darum, wie die Menschen der Unterschicht sich fühlen. Auf dem Papier mag es keine Sklaverei sein, doch jeder Einzelne da draußen, der sich für einen Hungerlohn durch zwei oder drei Jobs am Tag kämpft, nur um ein Dach über dem Kopf zu behalten, der weiß, was Sklaverei bedeutet!«

»Sie haben wirklich ein Faible fürs Dramatische, nicht wahr?«, wandte Salvatoni – wieder ganz der Alte – ein. »Habe ich nicht so was Ähnliches in Ihrem letzten Buch gelesen?«

»Es ist auch ein Drama!« David wurde zornig. Nicht weil der Tenor ihn hinten herum angriff, sondern da ihn die

Arroganz des fetten Sacks wütend machte. »Jeder, der was anderes behauptet, kennt das wahre Elend nicht! Weder das der armen Menschen dieses Landes, die tief in ihrem Herzen wissen, dass der amerikanische Traum eine Lüge ist, noch das Elend jedes einzelnen Morph-Sklaven! Sie verschweigen völlig, dass Abertausende von ihnen zu schwerster körperlicher Arbeit gezwungen werden! Was bei ihnen das Schmerzarmband ist, ist bei den Menschen in den Gettos die nackte Angst ums Überleben!«

»So sieht's aus, Mann!«, brüllte jemand aus den Zuschauerrängen und zustimmendes Murmeln drang hier und da aus dem Publikum. David folgte dem Schwenk der Kamera und erblickte einen hageren Mann, der – obwohl er ohne Zweifel seine beste Kleidung am Leib trug – leicht schäbig und verbraucht wirkte.

»Sie halten den Vergleich mit den Schockarmbändern für gerechtfertigt?«, fragte Jessica Banderas.

Der Mann, viel zu sehr in Rage, als dass er unter dem Blick der Öffentlichkeit wegducken würde, nickte heftig und rief: »Glauben Sie etwa, es ist nicht Folter, wenn man jeden Tag Angst haben muss, seine Familie nicht mehr ernähren zu können? Ich habe Angst, dass meine Söhne unter der Brücke aufwachsen müssen und ich habe beschissene Angst, dass einer krank werden und sterben könnte, nur weil ich die Arztkosten nicht zahlen kann! Jeden Tag aufs Neue lebe ich in dieser Angst, verdammt!« Stärkerer Applaus im Publikum.

»Ich möchte mich doch dagegen verwehren, dass die Armbänder mit dem schrecklichen Schicksal dieses Mannes vergleichbar sind!«, mischte sich Sandy Randell ein und bewies damit taktisches Geschick und imposante

Gefühlskälte. »Sie sind eine äußerst humane Erziehungsmethode ohne jegliche Folgeschäden.«

»Human?«, entfuhr es Ashari ungläubig. »Wie können Sie behaupten, dass diese Folter etwas mit Menschlichkeit zu tun hätte?«

Sie hatte den Köder geschluckt und Miss Randell holte nun lächelnd die Angel ein. »David, Ihre Morph tut ja gerade so, als würden wir diese Armbänder einsetzen, weil wir Freude an Schmerzen unserer Schöpfungen haben.«

»Wie absurd«, pflichtete Salvatoni ihr bei und tätschelte seiner Dienerin die Hand, welche diese gerade pflichtergeben auf seine Schulter legte.

Sandy Randell fuhr fort: »Es ist dem hohen Anteil tierischer DNA geschuldet, dass Morphs, die den Zuchttank verlassen, gewalttätig und unberechenbar sind. Anfangs haben wir uns mit Elektroschocks gegen körperliche Übergriffe geschützt, sind dann aber zu den verletzungsfreien Trainingsarmbändern übergegangen. Die Schmerzen werden nur im Gehirn ausgelöst und führen so zu keinerlei physischen Folgen.«

»Sie besitzen tatsächlich die Frechheit, diese Abscheulichkeit ...« Ashari deutete auf das diamantverzierte Armband Salvatonis. »... als Mittel der Selbstverteidigung gegen uns zu bezeichnen?«

Die Kurbel von Miss Randells Angel ratterte munter und es fiel David immer schwerer, nicht beruhigend auf Ashari einzuwirken. Sie musste allein bestehen oder untergehen. Und mit ihr die Hoffnung *Morph Freedoms*. »Ihre Dienerin, David, ist doch das beste Beispiel, was bei Milde gegenüber einer untrainierten Morph herauskommt«, sagte

Miss Randell und mied es wie immer, die Leopardin anzusprechen oder anzusehen.

»Milde? Wann sind Sie …«

»Ich hoffe doch, Sie halten sie auf, bevor sie mich wieder anfällt?«, fragte Miss Randell und blickte ernsthaft besorgt drein.

»Sprechen Sie gefälligst direkt mit mir!«, fauchte Ashari.

Der Fisch lag an Land und zappelte. Sandy Randell wandte sich ihr überlegen lächelnd zu. »Und was wenn nicht? Beißt du mich wieder?« Sie rollte den Ärmel ihrer Bluse zurück und offenbarte die Bissnarben in ihrem Unterarm. Ein Raunen ging durch das Publikum. »Will Ihre Morph leugnen, dafür verantwortlich zu sein?«

Als Ashari betroffen ihren Fehler erkannte und schwieg, war es zu spät. Die Nation hatte gesehen, was *Anthrotec* sie hatte sehen lassen wollen. »Gewalt erzeugt Gegengewalt«, entgegnete sie schwach.

»Genau das versuche ich die ganze Zeit, klar zu machen«, schloss Randell erleichtert und rollte den Ärmel wieder hinunter.

Ashari sah ein, dass es Zeit war, zu schweigen. Sie hatte nur Worte, ihre Gegnerin hingegen einen vorzeigbaren Beweis. Das – und die Unverschämtheit, noch eine Werbebotschaft vorzubringen: »Ich versichere allen Bestandskunden und Interessenten, dass vollständig trainierte Morphs keine Gefahr mehr darstellen.«

»Warum haben Ihre Kunden dann immer noch Armbänder?«, hinterfragte Ashari wieder mehr auf der Hut.

»Sie geben ein Gefühl der Sicherheit, das liegt doch auf der Hand.« Randell sprach wieder mit der Runde, nicht mit ihr. »Selbst den besterzogensten Hund lässt man nicht ohne Leine auf die Straße.«

Asharis Kiefer knackten, doch sie schwieg verbissen.

Nun war es an David, eine Parade zu schlagen. »Wollen Sie ernsthaft behaupten, dass Ihre Käufer oder Mitarbeiter auf die Idee kommen könnten, das Armband für Folter zu missbrauchen?«

»Was unsere Kunden mit dem Armband anstellen, liegt nicht im Einflussbereich *Anthrotecs*«, entgegnete sie glatt.

Er hakte nach: »Es scheint ganz klar dafür konzipiert zu sein, Schmerz in variablen Stärken bis hin zur Unerträglichkeit zu ermöglichen. Das liegt klar im Einflussbereich *Anthrotecs*.«

»Sprechen Sie da aus Erfahrung?«, warf Salvatoni lässig ein.

»Ich spreche da aus meiner Erfahrung«, hielt Ashari dagegen und schnitt Randell mit einem eisigen Blick das Wort ab. »Und bevor mir der Kettenhund von *Anthrotec* einen Strick aus meiner Äußerung dreht: David hat mir das Armband sofort übergeben und nie eingesetzt.«

»Was ist mit dem Upgrade ›Trainmaster‹?«, hakte David nach und ließ die Worte kurz wirken.

Randells Lächeln bröckelte und wich einer angestrengten PR-Miene.

David fuhr zur Kamera gewandt fort: »Für alle Nichtkundigen: Es handelt sich um ein Schmerzarmband, mit dem man gezielt in einzelnen Körperregionen Schmerzen verursachen kann, und ist im *Anthrotec*-Katalog auf Seite siebzehn zu finden. Helfen Sie mir auf die Sprünge, Miss Randell … Wozu braucht man so etwas?«

»Ich sagte doch bereits, dass sie dem Sicherheitsgefühl unserer Kunden dienen. Auch das Upgrade für das Trainingsarmband erfüllt diesen Zweck und ist für Käufer gedacht, die ein besonderes Sicherheitsbedürfnis hegen.« David staunte, wie rasch sie wieder in aalglatte Bahnen gefunden hatte. »Faktisch ist das Upgrade unnötig – das Basismodell erfüllt seinen Zweck.«

Darauf wusste er nichts mehr zu sagen. Solch eine Verdrehung der Tatsachen war zwar zu erwarten gewesen, seine Machtlosigkeit dagegen machte ihn dennoch wütend.

Genau in diesem Moment kaperte Salvatoni das Schweigen. »Ich möchte betonen, dass wir vom *Club prominenter Morph-Liebhaber* enormen Wert auf gute Haltungsbedingungen legen. Wir gehen weit über das empfohlene Mindestmaß an Platz und Nahrung hinaus. Und selbstverständlich verurteilen wir die Anwendung der Armbänder außer zum Selbstschutz.«

»Stimmt, ich erinnere mich«, warf David ein. »Sie brechen Ihrer Morph ja lieber die Zähne heraus.«

Einige Menschen im Publikum zuckten zusammen, Salvatoni jedoch machte große Unschuldsaugen. In seinem feisten Gesicht wirkte das beinahe absurd. »Das ist ein verklagenswerter Versuch von Rufmord, David! Zeig uns dein Lächeln, Kleine.« Wie an jenem Abend im Landhaus von Justin Fawkes präsentierte die Leopardin ein pflichtbewusstes Lächeln für die Kamera, doch diesmal zuckte David aus einem anderen Grund zusammen: Ihre Reißzähne waren da, wo sie hingehörten. Empörung wurde im Publikum laut. Wie hatte Salvatoni das angestellt? Hatte er ein genetisches Duplikat gekauft? Wohl kaum.

Ashari kam offenbar vor ihm auf die Lösung: »Sie haben einen Zahnersatz anfertigen lassen. So etwas gibt es nicht im Katalog.« Voller Mitgefühl wandte sie sich an ihr genetisches Ebenbild. »He, Liebes. Willst du nicht sagen, was damals passiert ist?«

Hilfesuchend irrlichterten die Augen der anderen Leopardin zu Ashari, die sie aufmunternd ansah. Ihr Mund öffnete sich, doch in diesem Moment kratzte Salvatoni sich am Handgelenk direkt neben dem Armband und ihr Kiefer klappte wieder zu.

Ashari ließ sich nicht beirren und sagte sanft: »Wenn du manchmal davon träumst, dass alles besser wird, kannst du jetzt etwas bewegen.«

»Ich …«, begann sie zaghaft, als sich der Tenor leise und betont diskret räusperte. Allein diese Geste genügte, um die Lippen der Morph zu versiegeln. Ihre Augen riefen nach Hilfe, doch David und Ashari konnten ihr nur Mitgefühl entgegenbringen. Beschämt senkte sie den Kopf und stumme Tränen flossen aus ihren Augen.

Glücklicherweise witterte Jessica Banderas einen Skandal. Mit einem stummen Handzeichen wies sie eine Kamera an, auf die weinende Leopardin zu schwenken und heranzufahren.

Mit Salvatonis Gelassenheit war es vorbei. Kalt sagte er: »Der ganze Rummel ist heute zu viel für dich, Kleine. Warte in meiner Garderobe auf mich.« Gehorsam schlich die Dienerin davon.

Doch es war zu spät. Die Stimmung in der Gesprächsrunde war unter den Gefrierpunkt gekippt. Banderas jedoch lächelte zufrieden. Sie wartete, bis die Leopardin hinter der Kulisse verschwunden war und ließ dann auf sich blenden. »Liebe Zuschauer, das war bewegend. Ich will allen Beteiligten einen Moment zum Sammeln geben. Weiter geht es nach einer kurzen Werbeunterbrechung!«

Das Licht auf der Kamera erlosch und schlagartig brach aufgeregtes Gemurmel im Publikum los. Feindselige Blicke trafen den Startenor, einer davon gehörte Sandy Randell. Sie hatte gerade einen Verbündeten eingebüßt.

Lediglich die Moderatorin bewies beste Laune und beriet sich tuschelnd mit dem Produzenten. David bezweifelte, dass es daran lag, dass sie zu den Morph-Sympathisanten gehörte. Ein Moderator bekam nicht oft die Gelegenheit, einen Star vor laufender Kamera ins Messer laufen zu lassen. Hier ging es nicht um die Frage, ob Morphs mehr dem Menschen oder dem Tier ähnelten, ob sie Eigentum darstellten oder nicht. Einem Lebewesen Zähne herauszubrechen blieb barbarisch und war der Todesstoß für Salvatonis Beliebtheitsskala.

»Das hast du gut gemacht«, raunte David zu Ashari geneigt.

Missmutig entgegnete sie mit einem giftigen Blick in Richtung Miss Randell: »Dafür habe ich es vorher deutlich verbockt. Diese Frau macht mich einfach wütend.« Dann schwand ihr Zorn, als sie ihn ansah und trotz allen Drucks ließ ihr Lächeln sein Herz freudig hüpfen. »Ich habe noch einen Trumpf im Ärmel. Die wird sich umgucken.«

Bevor David nachfragen konnte, gab der Produzent das Signal, dass die Werbepause sich dem Ende neigte. Ein Kameramann zählte den Countdown und zusammen mit der albern hektischen Musik begann die zweite Runde.

»Willkommen zurück bei *GNN frontal*, liebe Zuschauer. Gerade sind wir Zeuge einer stummen und schwer belastenden Anklage geworden und ich finde, mehr kann man zu diesem Thema gar nicht beitragen.

Wenden wir uns nun der zentralen Streitfrage zu, die seit Beginn der Morph-Zucht der Dreh- und Angelpunkt im Kräftemessen zwischen Gen-Firmen und den Widerstandsorganisationen ist. Von ihrer Antwort hängt ab, ob Tiermenschen gehalten oder versklavt werden, nutzbar gemacht oder ausgebeutet werden, kurz ob sie rechtlos oder entrechtet sind.« Jessica Banderas wandte sich den Experten der Runde zu. »Sind Morphs dem Menschen gleichgestellt?«

Walter Springstone rückte erneut das perfekt platzierte Mikrofon an seinem Revers zurecht und ignorierte wie selbstverständlich, dass der Biologe Julius Versaten ebenfalls etwas sagen wollte. »Sind sie nicht. Morphs aller Modelle werden industriell gefertigt.«

»Sie sind Designprodukte«, warf Miss Randell voller Stolz ein.

»Rechtlich gesehen sind sie ein Erzeugnis verschiedenster Grundrohstoffe und Zwischenerzeugnisse, die durch Weiterverarbeitung ein höherwertiges Produkt ergeben«, hielt Springstone nachdrücklich dagegen und wies Miss Randell mit einem strengen Blick zurecht.

»Würden Sie sagen, dass genetisch veränderte Kinder durch künstliche Befruchtung ebenfalls unter diese Definition fallen?«, hakte David nach und wusste, dass er auf verlorenem Posten stand. Dennoch galt es, diese Frage in die Köpfe der Menschen zu bringen. Es gab genug Bürger, die Springstone allein deswegen ablehnten, weil er die verhasste Oberschicht verkörperte.

»Das ist absurd«, hielt der Anwalt nüchtern dagegen. »Künstlich befruchtete Eizellen werden dennoch von der Mutter ausgetragen.«

»Inzwischen bieten Medi-Konzerne aber auch die Aufzucht in Tanks an«, wandte David ein. »Hier sehe ich keinen Unterschied zu Ihrer Definition. Werden diese Kinder auch nur hergestellt und sind folglich Besitz und keine Menschen?«

Der Staranwalt lächelte überheblich wohlwollend. »Wenn sich jede juristische Frage mit einem einzigen Gesetz beantworten ließe, wäre ich arbeitslos, Mister Blake. Menschen bleiben Menschen, egal wie sie auf die Welt kommen. Es wäre illegal, Eigentum an einem menschlichen Kind zu erwerben, und folglich wird hier nur eine Dienstleistung angeboten, die mit Übergabe eines gesunden Kindes gemäß aller genetischen Spezifikationen erbracht ist.«

»Und Sie werden kaum behaupten, dass Morphs Menschen sind, nicht wahr?«, ergänzte Sandy Randell breit lächelnd. »Das letzte Mal, dass ich einen Menschen mit Punkten im Fell gesehen habe, war im Musical *Cats*.« Vereinzeltes Gelächter im Publikum.

Julius Versaten warf einen prüfenden Blick in Richtung Springstone, schob seine kleinglasige Brille auf dem Nasenrücken zurecht und sah nun seine Stunde gekommen. Denn unweigerlich hatten sich alle Augen auf ihn gerichtet. »Ihr Produzent hat mich vorhin ermahnt, das Publikum nicht in den Schlaf zu fachsimpeln, also versuche ich, es möglichst einfach zu halten:

Morphs sind biologisch betrachtet Gen-Chimären, da sie in ihren Körpern Gensequenzen verschiedener Herkunft in sich vereinigen. Die Verbindung solch unterschiedlicher Spezies wie Mensch und Leopard ist nur mittels komplexer genetischer Manipulation im Labor möglich. Es ist also auszuschließen, dass sie jemals ohne den Eingriff des Menschen entstanden wären.«

Kaum hatte Versaten Luft geholt, fügte Springstone hinzu: »Diese Genmuster sind zudem patentrechtlich geschützt, was bedeutet, dass hier ein Copyright auf ein geistiges Werk vorliegt.«

Versaten blickte über den Rand seiner Brille und unter den leicht zauseligen, grauen Haaren verbittert in Richtung des Anwalts. Da dieser offenbar nichts mehr zu sagen hatte, fuhr der Biologe fort: »Darauf wollte ich hinaus, ja. Die Morphs sind ohne Frage ein Werk der Menschheit. Aber selbst wenn man das beiseitelässt, bleiben noch die genetischen Fakten: Der Unterschied im Gencode zwischen Mensch und Chimäre beträgt – je nach tierischem Gegenpart – zwischen fünf und neun Prozent. Das klingt nicht viel, aber allein Schimpansen – die wir eindeutig zu den Tieren zählen – haben einen Genunterschied von vier Komma acht Prozent.«

»Wollen Sie andeuten, dass wir Morphs weniger Mensch sind als Affen?«, fragte Ashari ungläubig.

Bedauern schlich sich in Versatens Blick. »Genetisch betrachtet ja.«

»Ich bin mir meiner selbst bewusst, kann sprechen und bin zu logischem Denken in der Lage!«, protestierte sie.

»Es ist nicht an der Genetik zu beurteilen, welches Merkmal einer Spezies mehr wert ist als ein anderes«, korrigierte der Biologe sie und blickte reuevoll drein. »Das ist Sache der Philosophen.«

»Oder der Morph-Konzerne«, ergänzte Sandy Randell zuckersüß. »Jedes Merkmal, selbst das, was man an Davids Dienerin Charisma nennen würde, ist Folge eines genetischen Designprozesses.«

»Das tut hier nichts zur Sache«, meldete sich zum ersten Mal Cornelius Ulsten zu Wort und klang dabei verärgert. »Es geht hier vielmehr um das ethische Empfinden des Menschen und die höhere Moral, zu der wir alle verpflichtet sind, wenn wir wahrhaft Mensch sein wollen.«

»Und Sie sehen sich berufen, uns zu dieser höheren Moral zu führen?«, fragte Randell süffisant.

Ulstens buschige Augenbrauen verknäulten sich ungehalten. »Wir leben in einer Substitutionsgesellschaft. Es gibt für jedes Defizit wie mangelnde Kreativität oder zu Trieben verkümmerter Liebe Ersatzprodukte wie Fernsehen oder Pornos.« Er zeigte ihr humorlos seine Zähne. »Und für Menschen ohne eigene Moralvorstellungen gibt es Philosophen.«

Randell, die sich offenbar angegriffen fühlte, verschränkte ungehalten die Arme und lehnte sich zurück.

Zufrieden nahm er wieder seinen Faden auf: »Genetische Patente auf die biologischen Baupläne der Morphs sind ein typisches Beispiel dafür, wie die moderne Gesellschaft jegliches Denken ausschaltet, sobald die Rechtsgrundlage wasserdicht ist. Sagen Sie, Mister Versaten, sind Morphs in der Lage, sich fortzupflanzen?«

»Selbstverständlich nur innerhalb ihrer … Art, aber ja, sind sie.«

»Ist das nicht die gängige Definition für Leben?«

»Zusammen mit Stoffwechsel und Evolutionsfähigkeit«, bestätigte der Genetiker.

»Morphs sind kein Ergebnis der Evolution«, widersprach Miss Randell und wiederholte: »Sie sind hochwertige Designprodukte.«

»Würden Sie die Freundlichkeit besitzen und ihre fachunkundige Meinung für sich behalten?«, bat Versaten mit sichtlicher Genugtuung. »Es geht um die Frage, ob sie zur Evolution fähig sind. Und daran gibt es keinen Zweifel, wenn sie sich erst einmal fortpflanzen.«

»Vielen Dank für Ihr hilfreiches Urteil«, sagte Ulsten und ignorierte die Vertreterin Anthrotecs vollkommen. »Da haben wir nun Lebewesen, die sehr wohl in der Lage sind, sich selbst zu vermehren und doch dürften sie es nicht – weil sie damit gegen das Patent verstoßen würden. Ich hoffe, jeder Zuschauer begreift die Absurdität dieser Angelegenheit.«

Der Philosoph genoss die irritierten Blicke für eine Weile, die im Publikum getauscht wurden, und fuhr dann fort: »Genauso braucht man nur ein wenig gesunden Menschenverstand zu bemühen, um einem sprechenden, denkenden und fühlenden Individuum Persönlichkeitsrechte zuzusprechen.«

»Die neuste Generation von Servicerobotern spricht, besitzt künstliche Intelligenz und simuliert Gefühlsregungen«, hielt Sandy Randell dagegen.

»Und jeder, der schon einmal mit einem zu tun hatte, weiß auch sofort, dass er mit einem Roboter spricht«, ergänzte David bissig.

»Hervorragend beobachtet«, stimmte Ulsten zu. »Ich war hingegen überrascht, als sich erst im Verlauf eines jüngsten Telefonats herausfand, dass ich mich mit einem

Morph unterhielt. Nun wagen wir ein kleines geistiges Experiment:

Sie, verehrter Zuschauer, rufen einen Freund an und verwählen sich aus Versehen. Statt seiner geht eine junge Frau ans Telefon. Sie kommen ins Gespräch und haben, nachdem sie aufgelegt haben, das Gefühl, sich nett unterhalten zu haben. Ihr Gegenüber war vielleicht ein wenig zurückhaltend, aber dennoch humorvoll und liebenswürdig.« Er hob seinen Zeigefinger und bündelte die Aufmerksamkeit des versammelten Publikums. »Kurzum, sie sind der Überzeugung, mit einem Menschen gesprochen zu haben. Würden sie ihm Persönlichkeit absprechen, nur weil er ein Morph sein könnte? Was, wenn er doch ein Mensch war? Oder was, wenn doch ein Morph?«

»Sehr geschickt«, platzte Miss Randell in das anschließende nachdenkliche Schweigen. »Sie klammern gerade den Teil aus, der am offensichtlichsten nichtmenschlich ist – das Aussehen der Morphs.«

David grinste, als er ganz klar Abscheu aus dem Gesicht Ulstens herauslesen konnte, während dieser antwortete: »Oh, wie unvernünftig von mir. Wir sollten wieder anfangen, spitze Kapuzen aufzusetzen und Kreuze zu verbrennen.«

»Jetzt hören Sie aber auf!«, wehrte sich die Sprecherin *Anthrotecs*. »Worauf wollen sie denn hinaus? Dass wir von *Anthrotec* quasi Menschen verkaufen und sie ihrer Freiheit berauben?«

Ulsten breitete lediglich die Hände aus, als wäre das der erste vernünftige Satz Randells gewesen.

»Das ist schierer Unsinn. Wir sprechen nicht von der Versklavung einer freien Spezies. Es ist ja nicht so, als ob

Morphs einmal freilebend gewesen wären und wir sie einsperren. Ohne uns gäbe es sie nicht einmal! Da kann man wohl kaum behaupten, wir würden sie ihrer Freiheit berauben.«

»Fakt ist, dass es nun Tiermenschen gibt«, stellte David richtig. »Aus einer hypothetischen ist eine sehr konkrete Überlegung geworden. Kein denkendes Wesen verdient es, eingesperrt, gedemütigt oder gar misshandelt zu werden.«

»Das ist Ihre Meinung.« Miss Randells Worte kamen hart und scharfkantig wie ein Messer daher. »Ohne den für sie bestimmten Zweck – dem Menschen zu dienen – gäbe es keine Morphs. Es ist folglich unsinnig, darüber zu diskutieren, ob sie mehr verdienen als ihre Bestimmung!«

»Was ist denn ihre Bestimmung? Vergewaltigt zu werden?« Die Leopardin funkelte gefährlich, wirkte aber, als hätte sie sich im Griff.

»Das ist eine …«, hob Miss Randell an, doch Ashari fuhr ihr über den Mund: »Es gibt Aussagen eines Genetikers, der am zentralen Forschungsprojekt der Morph-Firmen mitgewirkt hat. Es sei eine der Aufgaben des Gendesigns gewesen, den Geschlechtsakt zwischen Mensch und Morph zu ermöglichen – ohne störende Unterschiede. Es war von Anfang an geplant, den Kunden durch Schmerz gefügig gemachte Sexsklaven anzubieten!«

Ein breites Raunen ging durchs Publikum. David war beeindruckt. Ashari hatte Beweise ausgegraben, anstatt Behauptungen über die Missbrauchsfälle bei *Anthrotec* anzustellen.

»Und da soll man keine Abscheu hegen?«, fragte Ulsten angewidert.

»Wo ist der Unterschied zur Prostitution, bei der menschliche Frauen ihren Körper nur deswegen hergeben, weil sie Geld zum Leben brauchen?«, fragte Miss Randell. »Wir stellen nichtmenschliche Diener zur Verfügung, die Jobs machen, die kein Mensch freiwillig macht!«

»Wie vergewaltigt werden?«, rief jemand aus dem Publikum.

»Ich spreche gerade davon, dass wir die Gesellschaft von sexueller Ausbeutung, körperlich verschleißender Arbeit und tödlich gefährlichen Berufen wie Personenschutz erlösen!«, ereiferte sich Miss Randell und wirkte dabei sehr überzeugt. Das Publikum schwankte. »Morphs sind genetisch konstruierte Werkzeuge wie Tunnelbohrmaschinen. Früher sind Hunderte von Menschen beim Graben von Eisenbahntunneln gestorben, bis diese Maschinen erfunden wurden. *Anthrotec* und die anderen Firmen liefern lediglich Lösungen für Probleme, welche die herkömmliche Technik nicht zu lösen vermag.«

»Auf Kosten der Morph!«, erboste sich David. Es war ihm zuwider, dass diese aalglatte Seelenverkäuferin Anthrotec als Erlöser der Menschheit hinstellte. »Sie und Ihre Kunden enthalten ihnen elementare Rechte vor! Selbstbestimmung allen voran! Wo ist da der Unterschied zur afrikanischen Versklavung anno achtzehnhundert?«

»Für die Morphs ist jeder Tag, den sie leben, ein Geschenk, das die Morph-Firmen ihnen gemacht haben!«, erwiderte die Vertreterin *Anthrotecs* ohne Denkpause.

»Das kann nur jemand behaupten, der nicht jeden Tag im Elend verbringt!«, knurrte Ashari.

So wäre es vermutlich weitergegangen, wenn nicht Jessica Banderas mit einem betonenden Blick auf ihr

Handgelenk gesagt hätte: »Wie die Zeit vergeht! Ich fürchte, wir haben uns an diesem Punkt festgebissen. Rechtlich und genetisch betrachtet sind Morphs keine Menschen. Wir haben die Argumente von Verfechtern wie auch von Gegnern der Selbstbestimmung von Tiermenschen gehört. Die Frage, ob ihnen grundlegende Rechte zustehen oder nicht, muss also moralisch von jedem Einzelnen entschieden werden. Im Kern dieser Frage steht, wie wir Morphs in Zukunft wahrnehmen werden – ob als Werkzeug oder als Persönlichkeit. Darum möchte ich Ashari, als direkt Betroffene, noch eine letzte Frage stellen: Sind Sie nicht auch nur ein Werkzeug? Wurden Sie nicht zu dem Zweck gekauft, für *Morph Freedom* in die Schlacht zu ziehen?«

Ashari zwinkerte David vergnügt zu, bevor die Kamera auf sie schwenkte: »Es ist meine freie Entscheidung gewesen, dass ich für die Rechte meiner Artgenossen eintrete. Denn es ist mein ureigenster Wunsch, eines Tages wahrhaft frei und wahrhaft selbstbestimmt zu sein.«

»Das klingt beinahe so, als würde Ihnen David Blake Ihre Selbstbestimmung letztendlich doch vorenthalten. Was stimmt denn nun?«, hakte Jessica Banderas nach und David fragte sich, wie Ashari in eine so offensichtliche Falle tappen konnte.

Seine Verwunderung wurde noch größer, als sie erwiderte: »Sie haben meinen Zwilling vorhin gesehen, Jessica. Wie können Sie da glauben, dass mir ihr Schicksal oder das der anderen Morphs nicht nahe geht? Es mag David wie eine Kleinigkeit erscheinen, doch tatsächlich hat er mir das Recht auf eine sehr wichtige Entscheidung vorenthalten.«

»Wovon sprichst du?«, fragte er. Was ging in ihr vor? Sie würde die Sache noch ruinieren! »Du kannst nicht wirklich frei sein, solange dich der nächstbeste Mensch erneut als seinen Besitz deklarieren kann.«

»Das weiß ich«, lächelte Ashari und trotz der Anspannung schoss ihm durch den Kopf, wie schön sie dabei aussah. »Du sagst also vor laufender Kamera, dass ich tun und lassen kann, was ich will?«

»Wann habe ich dir das letzte Mal eine Vorschrift gemacht?«

»Als ich dich vor Monaten küssen wollte«, entgegnete Ashari mild lächelnd, beugte sich zu ihm herüber und küsste ihn ohne Vorwarnung auf den Mund.

Sein Ärger, seine Verwirrung, seine Ängste wurden plötzlich von einem tanzenden Funkenschwarm aus der Brust verscheucht und er dachte nur selig, wie wunderbar weich das Fell um ihre Lippen war. Ihre Arme flossen um seinen Nacken und er schloss sie in die seinen.

Freier Wille kann so schön sein, dachte er und lächelte in ihren Kuss hinein. In einer anderen Welt sagte Jessica Banderas irgendetwas Bedeutungsloses und jemand begann zu klatschen, gefolgt von vielen weiteren Händen. *Jason wird mich dafür umbringen.* Und er musste noch breiter lächeln, was das Küssen ein wenig schwierig machte. Doch Ashari lächelte mit ihm.

Im Vertrauen

Die Heimfahrt wurde von einem schwebenden Gefühl der Fröhlichkeit begleitet, an dem keiner der beiden zu rühren wagte. Sie sprachen über alle möglichen Wendungen dieses Abends. Dabei werteten sie die Argumente der Kontrahenten ebenso aus wie ihre eigenen und gönnten sich den Luxus, nicht objektiv zu sein. Doch über den Kuss sprachen sie nicht. Nicht einmal dann, als sich Jason Fuller meldete, Ashari als genial und David als gerissenen Strolch bezeichnete. *GNN* bot das Foto ihres Kusses für fünfzig Cent zum Download an und die Hits schossen in die Höhe. In den Augen Jasons stellte ihr öffentliches Liebesbekenntnis einen genialen Schachzug dar, um die Sympathien der Zuschauer zu gewinnen und die Morphs menschlicher zu machen.

»Ich sagte doch, ich habe einen Trumpf im Ärmel.« Ashari Grinsen war an Selbstgefälligkeit nicht zu überbieten.

Dabei beließen sie es, bis sie siegestrunken und sehr erschöpft die Treppe zu ihren Schlafzimmern erklommen hatten. David suchte verzweifelt nach einem Thema, um noch weiter mit ihr plaudern zu können, doch heraus kam nur ein zaghaftes: »Es war doch mehr als nur ein Schachzug, oder?«

Eine Veränderung kam über Asharis Haltung und Bewegungen. Alles an ihr, selbst ihre Stimme, wurden fließend und weich. »Wie hat es sich denn angefühlt?«

Ihre facettenreichen, smaragdenen Augen durchdrangen ihn mühelos und schienen in sein Innerstes zu blicken. Ein wenig heiser sagte er: »Wunderschön?«

Sanft lächelnd glitt sie näher an ihn heran. Sie befand sich nun viel zu nah, um ihn nicht verrückt zu machen, und trotzdem zu weit entfernt für einen Kuss. »Siehst du jetzt ein, dass es Unsinn war, deine Gefühle dem Gemeinwohl unterzuordnen?« Hätte Seide eine Stimme, so würde sie genau so klingen wie Ashari in diesem Moment. Kein Vorwurf, keine Reue, nur weiches, umschmeichelndes Liebkosen.

»Das habe ich schon zehn Minuten später eingesehen«, antwortete er reumütig und trat eine Handbreit vor.

»Es war ein Schachzug«, gestand Ashari ein und tat es ihm gleich. Ihre Schnauze berührte jetzt fast seine Nase und ihr Geruch – ein undefinierbar milder Duft voller sanfter Versprechungen – machte ihm das Denken schwer. »Wie sonst hätte ich einen Kuss von dir ergattern können?«, flüsterte sie. »Vor der Kamera konntest du nicht fortlaufen.«

Sie schob den Kopf vor und versiegelte seine Antwort mit einem zärtlichen Kuss. Behutsam kostete er von ihren Lippen und wagte nur vorsichtig, eine Hand auf ihre Wange zu legen – aus Angst, den Zauber zu verscheuchen. Die Schmetterlinge in seinem Bauch ließen sich friedlich nieder und David seufzte selig, als die Ungewissheit endlich von ihm abfiel.

Wie lange sie so im Flur standen und sich küssten, vermochte er nicht zu sagen. Voller Liebe und Sanftheit teilten sie diesen glückseligen Moment, bis sie sich irgendwann einvernehmlich voneinander trennten und einen Schritt zurücktraten.

»Wow«, hauchte Ashari und ihre Blicke tanzten funkelnd über sein Gesicht. David konnte nur bekräftigend nicken.

»Gute Nacht?« Sie wirkte so sonnig und unbeschwert, wie er sie noch nie gesehen hatte. Wie konnte sein Herz da anders, als fröhlich tanzend einzugestehen, dass Ashari damals von sich zu stoßen, total bescheuert gewesen war?

»Gute Nacht.« David lächelte und sah ihr hoffnungslos verliebt hinterher, wie sie ins Zimmer schlenderte, ihn noch einmal zärtlich ansah, um dann die Tür hinter sich zu schließen. Strahlend wie ein Honigkuchenpferd – und mindestens zehnmal so glücklich – starrte er noch eine Weile ihre Tür an und tappte dann in sein Schlafzimmer.

Der warmen Sommernacht geschuldet öffnete er das Fenster weit und genoss die würzige Luft, die nach Blüten und Gras roch, in vollen Zügen. Kopfschüttelnd von einem Ohr zum anderen lächelnd diagnostizierte er an sich alle Symptome schweren Verliebtseins und fühlte sich wieder wie siebzehn. *Sie liebt mich,* dachte er grinsend und zog sich ohne Eile aus, um ins Bett zu klettern. Grinsen war überhaupt das Einzige, das er momentan zu Stande brachte. Kaum hatte er den Eindruck, sich ein wenig im Griff zu haben, huschte ein Bild von Ashari durch seinen Geist und seine Mundwinkel machten sich wieder selbstständig.

Wie schön sich ihre Küsse anfühlen. Ihr Mund und ihr Fell und ... Von Herzen seufzend huschte noch einmal ein Schatten dieses Gefühls über seine Lippen. Tausendfach hatte er sich ausgemalt, wie schön es sein musste, eine

Leopardenfrau zu küssen – die Fantasien in seinen Romanen kamen nicht von ungefähr – und dennoch hatte er nie zu träumen gewagt, dass er einmal tatsächlich in diesen Genuss kommen würde. Selbst als Ashari bei ihm einzog, hatte der rationale Teil in ihm einen Vernunftsriegel vor diese Hoffnungen geschoben. Doch jetzt …

Immer noch ganz beseelt glitt David nackt unter die dünne Sommerdecke.

Kaum hatte sein Körper die Matratze berührt, wurde er sich der tiefen Erschöpfung und Müdigkeit bewusst, mit denen der anstrengende Tag seinen Tribut forderte. Doch sein Geist lief auf Hochtouren und dachte unentwegt an Ashari. Alle nur denkbaren schönen Erinnerungen kamen ihm in den Sinn und bildeten einen bunten Reigen.

Er ertappte er sich dabei, wie seine Ohren eine Bewegung bei der Tür zu vernehmen meinten und er eine ganze Weile angestrengt lauschend die Luft anhielt, während seine Fantasie Ashari durch sein Zimmer schleichen ließ um …

Kopfschüttelnd holte er Luft und starrte zum Fenster hinaus. So sehr sein romantischer Kern gerade auch im Verliebtsein badete und sich so etwas Aufdringliches wie Sex gar nicht vorstellen konnte, so erzählten seine Lenden eine andere Geschichte.

Doch Ashari ist mir heilig, sagte er sich selbst und verweigerte sich schnelle Erlösung. Hundertmal lieber wollte er noch endlos in der Erinnerung ihres gemeinsamen Kusses schwelgen. Sie in den Armen zu halten und von ihr gehalten zu werden … Wie gern würde er jetzt an sie gekuschelt einschlafen.

»Ich vertraue dir, David«, flüsterte Ashari neben seinem Bett und sein Herz stimmte viel zu laut ein Lied der Freude an, um sich zu erschrecken. Geschmeidig schlüpfte sie unter die Bettdecke und kuschelte sich an ihn.

Erregung wie ein Feuersturm brandete in ihm hoch und sein Herz verfiel in wilden Galopp. Ihr Fell, so endlos weich, glitt über seine Haut und ließ keinen Zweifel offen, dass sie ebenfalls nackt war.

Über sich selbst den Kopf schüttelnd drängte er seine triebhafte Seite zurück und streichelte zärtlich ihren Nacken. »Das kannst du«, erwiderte er sanft und wusste, dass er sich dessen tatsächlich sicher sein konnte. Dieses wunderbare Gefühl namens Liebe genoss ihre Nähe gerade viel zu sehr.

»Weißt du …« Sie schmiegte ihre Wange an seine Schulter und schnurrte wohlig. »Seit ich dich damals auf dem Bootssteg umarmt habe, hat mir jeder Tag wehgetan, an dem ich keinen Grund hatte, es noch einmal zu tun.«

»Aber nicht aus Liebe, richtig?«, fragte er behutsam. Seine Vernunft hatte es damals bereits geahnt.

Sie streckte sich und küsste ihn sanft. Dabei glitt ihr Fell an seinem gesamten Körper empor und jagte ihm einen erregenden Schauer über die Haut. Dann lächelte sie ihn an – ein Aufblitzen von Weiß im Dunkeln. »Dass du mich damals nicht bedrängt hast, obwohl ich dir offenbar den Kopf verdreht habe, hat mich mehr als alles andere davon überzeugt, dass du ein guter Mensch bist.«

Sie kuschelte sich wieder an ihn und jede Bewegung liebkoste ihn seidig weich. Trotz der warmen Sommernacht genoss er ihre Körperwärme, die so viel schöner in ihn drang, als Sonnenstrahlen oder ein knisternder Kamin es je fertigbringen würden. »Was ich sagen wollte: Ich habe erst durch diese Umarmung erfahren, was mir zuvor so deutlich gefehlt hat: Zuneigung … einfach nur Zuneigung und ein bisschen Nähe.«

Er wusste, worauf sie hinauswollte. »Ich bin glücklich, dass du hier bist«, flüsterte er und küsste sie auf den Kopf. Dabei vergrub er die Nase in ihrem Fell und sog genüsslich Asharis Duft ein, der für ihn in aller Zukunft mit dieser wunderbaren, kuscheligen Nacht verbunden sein würde.

Als die Sonne ihn am nächsten Morgen sanft weckte, fragte David sich, wie sich der Schlaf überhaupt an ihn hatte anschleichen können. Er hätte schwören können, dass er bis zum Morgen wach liegen und in Asharis Nähe baden würde. Doch jetzt fand er sich an ihren Rücken geschmiegt und fühlte sich auf wunderbare Weise erfrischt. Der trockene Brunnen, den sie an jenem Abend auf dem Steg in seinem Innern zu füllen begonnen hatte, war nun randvoll.

»Du bist endlich wach«, stellte Ashari fest und klang erfreut.

Er kuschelte sich enger an sie. »Woher weißt du das?«

Sie zuckte mit den runden Raubkatzenohren. »Ich habe deinem Atem gelauscht.«

Diese Worte rührten sein Herz, stellten sie doch einen Beweis dar, dass sie empfand wie er.

Ashari wand sich geschickt aus seiner Umarmung und drehte sich zu ihm um. Ihre Augen lachten ihn an, während die Sonne die Musterung ihres Fells zur Geltung brachte. Sie hatte nie schöner ausgesehen als in diesem Augenblick.

Zärtlich streichelte er ihre Wange und sie schmiegte sich fordernd gegen seine Hand. Mit einem schrecklich wunderbar aufgeregten Kribbeln in der Lunge rutschte er näher an sie heran und sie verloren sich für eine geraume Weile in zärtlichen, von Liebe getragenen Küssen. Doch je enger sie sich dabei aneinanderschmiegten, umso intensiver wurden ihre Liebkosungen. David hielt es für einen Rausch der Liebe, bis sie schwer atmend innehielten. Da spürte er durchaus körperlich, wie sehr das Gefühl ihres seidigen Fells auf seiner Haut ihn verrückt machte – und dass ihre an seinen Leib geschmiegten, weichen Brüste die Leidenschaft in ihm geweckt hatten.

Er räusperte sich, konnte aber nicht anders, als glücklich zu grinsen. Ashari jedoch schaute bedauernd drein. »Es tut mir leid«, flüsterte er.

Sie indessen schüttelte langsam den Kopf und ein schrecklich verliebter Ausdruck huschte durch ihre bekümmerte Miene. »Mir tut es leid.«

Zwar verstand David nicht, was sie meinte, doch erlaubte er sich einen genießerischen Gesichtsausdruck. »Das war wunderschön.«

Erneut brach ein sonnig glückliches Lächeln hervor, das sofort wieder von ihrer Sorge bewölkt wurde. »David, du verstehst nicht. Ich …«

Ihre Augen schimmerten leidvoll und er begriff endlich. Behutsam nahm er sie in die Arme. Diesen Ausdruck des Leids kannte er bei Ashari gut genug. So sah sie immer aus, wenn sie an die Zeit bei *Anthrotec* zurückdachte. »Ist schon gut«, flüsterte er.

»Nichts ist gut«, murrte sie und kuschelte ihre Schnauze in seine Halsbeuge. »Ich würde so gern mit dir schlafen.«

Obwohl sie immer noch knurrig klang, jagte dieser Satz dennoch einen Schauer der Erregung durch Davids Körper. Sein Verstand jedoch erkannte die Bedeutung des Wortes ›würde‹. »Ich habe damals, als du mich zurückgewiesen hast, schon überlegt, ob ich dich nicht einfach verführen soll«, fuhr Ashari fort. »Ich war mir sicher, dass das funktionieren würde. Aber …« Sie verfiel wieder in meidendes Schweigen.

Behutsam begann er sie hinter den Ohren zu kraulen und sein Herz lachte, als sie tatsächlich behaglich zu schnurren anfing. »Hat es etwas mit einer ihrer Regeln zu tun?«

Sie seufzte schwer, schnurrte dann aber unweigerlich weiter. »Nicht nur. Sie hatten virtuelle Lehrstunden. Und die Wächter und … Trainer haben die konditionierten Morphs …« Sie verstummte und schüttelte dann den Kopf. »Kurzum, es lief immer darauf hinaus, dass wir uns unserem Meister zu unterwerfen und seiner Lust zu dienen hätten. Dieser Gedanke war mir seit jeher zuwider.«

So ungefähr konnte David sich vorstellen, welches … Frauenbild durch *Anthrotec* vermittelt wurde. »Du weißt, dass ich keinerlei Dienst von dir erwarte.«

»Sag das mal meinem Ego«, grummelte Ashari und kuschelte sich verzweifelt näher an ihn.

Lächelnd ging er vom Kraulen zu einem beruhigenden Streicheln über. Unweigerlich entspannte sie sich spürbar. Zärtlich strich er die Kante ihres runden Raubkatzenohres nach und entlockte ihr damit ein zartes Seufzen. »Was sagt dein Ego dazu, wenn wir den Spieß umdrehen?«

Asharis Ohren drehten sich derart abrupt in seine Richtung, dass er lachen musste. Er brachte seine Lippen ganz dicht an sie und raunte: »Ich würde dir wahnsinnig gern alle zärtlichen Gefühle bereiten, zu denen ich fähig bin. Ich möchte dir zeigen, dass Liebe viel mit schenken zu tun hat.«

Sie löste sich von ihm und sah ihn verschmitzt an. »Völlig uneigennützig?«

David lächelte schief. »Nun, das wäre gelogen. Aber ich verspreche dir, dass ich nichts tun werde, was du nicht möchtest.«

Ihr Lächeln wurde zu einem durchtriebenen und gleichzeitig glücklichen Grinsen. Sie legte die Schnurrhaare an und senkte die Ohren. »Du meinst also …« mit dem Zeigefinger und einem Hauch von Kralle strich sie über seine nackte Brust. »Du ›dienst‹ mir?«

Ihr Tonfall schickte einen kribbelnden Schauer über seinen Rücken und eine berauschend zuversichtliche Erregung wallte in seiner Kehle. »Und du lauschst einfach nur, was deine Gefühle dir dabei erzählen.«

»Klingt nach einem Deal«, schloss Ashari und ihre Augen verengten sich raubtierhaft. Mit Nachdruck schmiegte sie sich wieder an ihn und ihre Lippen kosteten mit ungebremster Leidenschaft von den seinen.

David tat es ihr selig gleich. Alles seit ihrem Schachzug vor laufender Kamera machte ihn derart glücklich, dass es sich einfach richtig anfühlte, Ashari jedes Glück der Welt zu schenken. Abgesehen von dem, wohin ihn seine Lenden drängten, wollte er sowieso nur eines: sie berühren.

Als ihre Küsse ein wenig sanfter wurden, ließ seine Hand von ihren Wangen ab und glitt ziellos ihren Rücken hinab. Mit den Fingern wanderte er ihre Wirbelsäule entlang, ertastete die Muskeln rechts und links davon und erfreute sich an der Weichheit ihres Fells. Als er unerwartet auf Widerstand stieß, musste er unweigerlich lächeln. Der Ansatz ihres Schwanzes weckte seine Neugier und unverhohlen ließ er seine Finger darum kreisen. Als Ashari ein wohlwollendes Schnurren von sich gab, wurde sein Lächeln noch breiter.

Das versprach ein sehr schöner Morgen zu werden. Ihr Schwanz – der Inbegriff ihres exotischen Wesens – wirkte einen besonders erotischen Zauber auf ihn. Er strich an der Unterseite entlang und Ashari schmiegte sich enger an David. Dabei ließ sie es bereitwillig geschehen, dass sich seine Hand zu ihrem Po verirrte, dessen verlockenden Rundungen zu folgen, um nach einigen Umwegen wieder zu ihrem Schwanzansatz zurückzukehren.

Ashari hatte aufgehört, ihn zu küssen, und lächelte selig.

»Schön?«, fragte er sanft.

Ihre geschlossenen Augen blinzelten kurz auf und lachten ihn verliebt an. »Nicht aufhören«, murmelte sie.

»Wir haben es nicht eilig«, flüsterte er und folgte allzu willig ihrem Wunsch. Behutsam und seine Begierde im Zaum haltend massierte er sanft ihren Po, streichelte mit den Fingerkuppen die Innenseite ihrer Schenkel und vermied es peinlichst, sie an ihrer privatesten Stelle zu berühren. Etwas zu übereilen lag ihm fern. Im Gegenteil: Er wollte jeden Quadratzentimeter ihres Körpers einfühlsam erkunden.

Nach einigen weiteren genießerischen Ausflügen seiner Hand ließ er sie von Asharis Po über ihre Hüfte wandern. Auch wenn sie sich die ganze Zeit zärtlich küssten oder verliebt ansahen, zeichnete er mit den Fingern ein herzbewegend sinnliches Bild von Ashari.

Als er sich ein wenig von ihr löste, murrte sie kurz, ließ sie ihn dann jedoch umso bereitwilliger mit dem Handrücken die Unterseite ihrer kleinen, wohlgeformten Brüste streicheln. Die Weichheit ihres Fells berauschte ihn. War es am Rücken, Schwanz oder Po schon glatt und weich gewesen, so bot der helle, beinahe weiße Fellstreifen, der von ihrem Hals ausging, sich halb über ihre Brüste ergoss und zu den Lenden hin verjüngte, eine gänzlich betörende Flauschigkeit. Seide wäre vor Neid erblasst.

Ashari schien hier besonders empfänglich für Zärtlichkeiten zu sein. Nicht nur das Umschmiegen ihres Busens, sondern auch Expeditionen hinab zu ihrem Bauch entlockten ihr leise Seufzer oder aufwühlendes Schnurren. David widerstand der Versuchung, seine Hand noch tiefer gleiten zu lassen, auch wenn Asharis bedauernder Blick ihn sehr in Bedrängnis brachte. Stattdessen gab er der Verlockung ihres Fells nach und vergrub sein Gesicht darin. Er liebkoste sie mit zärtlichen Nasenstübern, sog ihren verführerischen Duft ein und strich mit den Lippen darüber. Als er ihre Brust berührte, entfuhr ihr ein Laut der Ungeduld und lud ihn beinahe mehr als die körperlichen Reize dazu ein, sie zu liebkosen. Das weiche Fell schmeichelte zwar seinen Lippen, Ashari schienen seine Küsse jedoch wenig zu geben. Also verlegte er sich darauf, seine Nase in langsam enger werdenden Spiralen ihre Brust empor wandern zu lassen, während er seine Hand auf ihre andere legte. Als er endlich das Ziel erreichte, war ihre Knospe eine in seinen Lungen aufwallende Verlockung, der er willig nachgab. Behutsam schob er ein wenig Fell mit den Lippen beiseite und ließ genüsslich und begehrend die Zunge über die endlos zarte Haut gleiten. Ein leicht rauchiger, fragiler

Laut der Erregung verließ ihre Kehle und sie schmiegte sich ihm fließend entgegen. Asharis Reaktion wühlte ihn mehr auf als alle sinnlichen Eindrücke.

Allzu gern liebkoste er weiter und lauschte ihrer Lust und dem Märchen, das sein Mund ihm erzählte. Mit der Hand kostete er von der Weichheit ihres Körpers und des Fells darüber, die Davids Innerstes mit einer wundervollen Mischung aus zärtlicher Zuneigung und Erregung erfüllte.

Irgendwann drang Asharis Stimme durch den Nebel der Sinnlichkeiten. Nur widerwillig löste er die Lippen von ihr, ließ die Nase durch das Fell zu ihrem Kinn mäandern und stieß sie dabei behutsam auf den Rücken. Als er wieder in ihre lachenden Augen blickte, fand er sich über sie gebeugt.

»Was hast du gesagt?«, fragte er sanft und doch schien ihm seine Stimme nicht weich, nicht liebevoll genug für diesen wunderbaren Moment.

Statt einer Antwort zog sie ihn an sich und stahl ihm einen begehrenden Kuss, der ihm all seine Erregung in Erinnerung rief. »Ich hätte nie gedacht, dass deine Geschichten in diesem Punkt wahr sein könnten.«

Verspielt holte er sich seinen Kuss zurück, doch als er ihr einen weiteren stibitzen wollte, machte sie ihm mit einem Zungenschlag einen Strich durch die Rechnung. Ihre Zunge war nicht rau, wie er es sich immer vorgestellt hatte. Sie glitt samtig weich und anschmiegsam über die seine und rüttelte einmal mehr an Davids Selbstbeherrschung. Er lächelte genießerisch mit geschlossenen Augen und ließ diese Erfahrung nachwirken. Sein Lächeln speiste sich aus der Gewissheit, dass seine Liebe größer war als das Begehren. Er würde Ashari nicht enttäuschen.

»Ich habe es nicht für möglich gehalten, dass Menschen Morphs so … wundervolle Gefühle bereiten können.«

Er grinste breit und draufgängerisch. »Wollen wir herausfinden, ob es stimmt, was ich über eure Ohren schreibe?«

Sie riss die Augen auf und wäre ganz sicher rot angelaufen, wenn ihr Fell es nicht verborgen hätte. Da sie seine Bücher gelesen hatte, waren Davids Worte gleichbedeutend mit einer direkten Aufforderung zur Paarung. Dennoch bot sie ihm mit lasziv gesenkten Lidern bereitwillig ihr Ohr dar.

Sein Herz pochte bis zum Hals, als sich seine Lippen ihren Ohren nährten. »Ich liebe Dich«, flüsterte er und ließ seine Zunge über den Rand der Innenseite ihrer Ohrmuschel gleiten.

Der zarte Flaum kitzelte ein wenig, sonst geschah überhaupt nichts. Ashari erstarrte lediglich gespannt. Dann rollte ein Schnurren aus der Tiefe ihrer Brust empor und sie grub die Hand fest in seine Schulter. Genüsslich wiederholte er die Zärtlichkeiten. Ihre erneute, tief erregte Reaktion befeuerte seine Leidenschaft wie Wind die Glut.

Er ließ den Zungenschlägen Küsse folgen, flüsterte sanfte Worte und fühlte sich wie der glücklichste Mann auf Erden. Ashari lag in seinen Armen, eine wunderschöne Leopardin für die er innigste Gefühle hegte, und er wusste, dass er sie in diesem Augenblick haben konnte. Sie würde es ihm nicht nur nicht übel nehmen, sie würde ihn willkommen heißen. Aber dieser Gedanke gepaart mit der Feststellung, dass er dennoch aus Liebe widerstand, erfüllte ihn mit unsäglicher Glückseligkeit.

Behutsam löste er sich von ihr und sie sah ihn voller Ungeduld an. »Warum hörst du auf?« Die Lust in ihrer Stimme war purer Sex.

»Du hast noch ein anderes Ohr«, erwiderte er verlockend.

»Pfeif auf das andere«, entgegnete Ashari und führte seinen Kopf zurück zu ihrem ersten. Dann schnappte sie sich seine Hand, die bisher gedankenverloren auf ihrem Busen gelegen hatte, und schob sie über das weiche Fell hinab zwischen ihre Schenkel. Mit einem Lächeln begann er wieder ihr Ohr zu liebkosen und seine Finger auf Wanderschaft zu schicken. Ihr Venushügel lag wie für ihn gemacht in der Mulde seiner Handfläche und mit den Fingerkuppen ertastete er die zarte Haut zwischen dem Fell. Ein scharfer Laut der Lust entglitt ihr, als sein Zeigefinger zwischen ihre Lippen tauchte und die Tiefe ihrer Erregung offenbarte.

Die Weichheit in ihrem Schoß übertraf alles, was ihr restlicher Körper zu bieten vermochte. Sie flüsterten von Stunden der Wonne und Lust, von Stunden des zärtlichen Erkundens und Liebkosens. Behutsam folgte er dem Verlauf ihrer Lippen und merkte eher an ihrem erregten Seufzen denn an seinem Tastsinn, dass er gefunden hatte, was er suchte.

Ashari schmiegte sich enger an ihn, als er die Finger sanft kreisen ließ, und ihre schnurrstöhnenden Laute der Lust luden ihn ein, endlos weiterzumachen.

All seine Sinne waren auf Genuss eingestellt. Ihr schlanker, muskulöser Körper drängte weich und gleichzeitig kraftvoll verlangend gegen ihn. Asharis Fell glitt über seine nackte Haut und sein Verstand verband die behutsam fordernden Fingerkuppen mit ihrem Seufzen und Winden, was ihm kaum weniger seelische Lust bereitete als ihr. Er spürte die Anspannung, die in ihrem Körper wuchs und führte sie umso bereitwilliger näher an den Gipfel heran.

Die innige Nähe dieses Moments, die gemeinsam taumelnde Besinnungslosigkeit, das vereinte Streben und Bangen entluden sich in jenem Augenblick, als Asharis Unterleib sich ruckartig aufbäumte und ihr ein tiefer, sehnsuchtsvoller Laut der Erlösung entfuhr.

David glitt gemeinsam mit ihr in friedvollere Gefilde ab, in die sie ihre nach und nach schwächer werdenden Nachbeben führten. All die Zeit über sog er Asharis Anblick in sich auf: Ihr raubtierhaftes Gesicht, das erfüllt von Seligkeit und Genuss immer friedlicher wurde, ihr aufbegehrender Körper, der in wohlige Entspannung zerfloss und ihre Augen, von denen allmählich die schwer anmutende Benebelung der Sinne wich und einem klaren, verliebten Ausdruck Platz machte.

»Wow«, hauchte sie und lachte fröhlich. »Wenn sich das umgekehrt genauso gut anfühlt, versteh ich, warum die Männer wollen, dass wir ihnen dienen.«

Voller Liebe streichelte er ihre Wange und sagte leise. »Hör bitte auf, von dienen zu sprechen.«

»Allzu gern«, hauchte sie mit ihrer rauchigen Verführerstimme. »Sonst müsste ich mir jetzt den Kopf zerbrechen.« Geschmeidig warf sie ihn auf den Rücken und brachte sich in derselben Bewegung über ihn.

Noch ehe er ganz begriff, was sie tat, spürte er Asharis Hand an seinem Glied und dann glitt er in die geborgene Wärme ihres Schoßes.

Mit einem Male fühlte er sich ihr so unglaublich nahe, hörte ihre liebevolle Stimme in sein Ohr raunen und dann spülten seine Sinne jeglichen klaren Verstand fort. Zurück blieb ein drängendes, sehnendes, zartes und gleichzeitig urtümlich wildes Verlangen, das von seinen Lenden in jede Faser des Körpers strömte. Selbst als Ashari kurz innehielt, glomm ein stetes Gefühl der strebenden Erregung in ihm, das sofort zu einem Sturzbach anschwoll, als sie fortfuhr. Taumelnd stolperte er den Berg hinauf, strauchelte, wollte sich festhalten, wollte noch endlos mehr von allem, doch diese übermächtige Anspannung überschwemmte ihn, riss ihn fort und beraubte ihn all seiner Kraft.

Seine Erregung entströmte, versickerte in pulsierenden Wellen in Asharis Schoß. Zurück blieb für eine Millisekunde ein Hauch von Verlust und schwand zu Vergessen, als eine geradezu euphorische Mischung aus Glück, Erschöpfung und Frieden Körper und Seele füllte.

Irgendwann schlug er die Augen auf und blickte in Asharis Smaragde. »Wow«, sagte er lächelnd.

»Nachäffer«, neckte sie ihn und knabberte sanft an seinem Hals. Dann gurrte sie in sein Ohr: »Kuscheln?«

Mit strahlendem Gesicht und dem innigen Wunsch, niemals mehr dieses Bett verlassen zu müssen, stimme er zu.

Letzten Endes trieb der Hunger sie doch aus dem Bett. Ganz gleich, was sie nach dem Aufstehen taten – duschen, Zähne putzen oder Frühstück zubereiten – nie war der andere weiter als zwei Armlängen entfernt und eine herzensfrohe Glückseligkeit begleitete sie. Sie hatten endlich zueinandergefunden. So machten sie sich daran, die wohl beste Mahlzeit ihres Lebens zu genießen.

David konnte sich nicht an Asharis Lächeln sattsehen, das nun unmaskiert nur ihm galt. Mehr als einmal fanden ihre Hände kurz zueinander, um sich ihres Glückes zu versichern. Doch der Zauber hielt. Keine Reue schlich sich zwischen sie, kein falsches Pflichtverständnis stand ihnen im Weg und ganz sicher gab es nichts, über das sich die Presse das Maul zerreißen konnte. Endlich waren ihre Herzen frei.

Doch wie das Kuscheln zuvor ging auch das Frühstück irgendwann vorüber und mit ihm schwand der letzte Aufschub vor der Welt da draußen. Denn diese Zeit des Morgens gehörte dem Studium der Pressestimmen und mit ihm begann ihre Arbeit für *Morph Freedom*.

Ashari, sonst immer voller Tatendrang, starrte die Tür des Kühlschranks an, die sie gerade geschlossen hatte. Ihr fehlte jegliche Spannkraft, selbst ihre Ohren sanken herab. »Das war nur der Anfang, nicht wahr?«, fragte sie leise.

Diese verletzliche Seite an ihr kannte David inzwischen gut genug, auch wenn sie geschickt darin war, sie zu verbergen. An Tagen, an denen der Kampf gegen die ganze Welt Ashari niederdrücken wollte, brauchte sie David, um sich an ihre Kraft zu erinnern. »Das war es«, sagte er sanft. »Aber in mehr als einer Hinsicht.« Endlich ohne Scheu legte er eine Hand auf ihre Schulter.

Unwillkürlich schmiegte sie die Wange gegen seinen Handrücken. »Das ist wahr«, stimmte sie einen Hauch fröhlicher zu. »Und ein durch und durch wundervoller noch dazu. Ich … hätte nie gedacht, dass Glück etwas ist, das ich finden könnte. Vielleicht glaube ich deswegen, dass mir *Anthrotec* immer noch alles wegnehmen könnte. Selbst … dich.«

Welche Geister Ashari gerade umtrieben – David spürte nur zu gut, dass sie nicht so einfach verschwinden würden. Behutsam schmiegte er sich von hinten an sie und schlang die Arme um ihren Bauch. »Seit gestern Abend dürfte ihnen das viel schwerer fallen. Was auch immer sie aushecken, die Welt wird ihnen auf die Finger schauen. Ich glaube aufrichtig, dass der gefährlichste Teil hinter dir liegt, Ashari.«

Statt Worten der Zustimmung drang ein langes Seufzen aus ihrer Kehle. »Verstehst du es nicht, David? Es war mir schon beinahe zu viel, die Verantwortung für alle Morphs dieses Landes auf meine Schultern zu laden. Jetzt, da ich dich endlich lieben darf, hängt für mich so viel mehr davon ab, dass ich nicht scheitere.«

Dieser letzte Satz löste in ihm eine chaotische Abfolge von Gefühlen aus: aufschäumendes Verliebtsein, zärtlichstes Mitgefühl, der Sturz in Verlustängste, hochbrandender Mut und so vieles mehr. Wie musste es dann erst Ashari ergehen, für die es letzten Endes um alles ging? In jenem kleinen Mikrokosmos, den sie gestern Abend geschaffen hatte, mochte ihr Herz frei sein. Im Makrokosmos dieser gnadenlosen Welt jedoch, in dem man ihr Freiheit, Rechte und sogar Persönlichkeit absprach, konnte ihr nichts gewiss sein.

»Seit ich dich kenne, kämpfst du«, sagte er schließlich mit Bedacht. »Du hast der Welt so viel von dem abgerungen, was dir zusteht. Du hast deine Angst vor Menschen abgeschüttelt und die Dogmen abgestreift, die man dir einpflanzen wollte. Du hast die Gesellschaft zum Nachdenken gebracht und viele Bürger zum Kampf inspiriert. Du hast Miss Randell die Stirn geboten und diesem Fettsack Salvatoni den Todesstoß versetzt. Und du hast nicht aufgehört, um mich zu kämpfen.« Zärtlich küsste er den Flaum auf ihrem Ohr. »Ich glaube fest daran, dass du alles schaffen kannst, was du dir vornimmst. Ich glaube fest an dich.«

»Wie war das? Du bist verknallt. Getrübtes Entscheidungsvermögen zählt nicht«, protestierte Ashari halbherzig und dennoch ertappte er ihre Schnurrhaare dabei, wie sie sich unter einem Lächeln anlegten. »Kämpfen kann ich, aber ohne dich wäre ich nicht da, wo ich jetzt bin.«

»Ich werde weiter für dich da sein, wann immer du es zulässt.«

»Sag nicht solche Sachen, sonst werde ich noch rührselig«, murrte sie und wandte sich in seiner Umarmung zu ihm um. Durch ihre Smaragdaugen schaute sie nachdenklich in seine Seele.

In diesem Augenblick hätte er alles gesagt, um ihr Halt und wieder einen Grund zum Lächeln zu geben. Ein Gedanke kam ihm, fremd und unwirklich, wie aus einer anderen Welt, und dennoch fühlte er sich richtig an. Also folgte er seinem Herzen und sprach ihn aus, bevor er ihn kaputtdenken konnte. »Ashari, ich werde jeden Tag an deiner Seite sein, wenn du es willst. Nicht nur hier, sondern auch bei deinen Aktionen für *Morph Freedom.* Wenn das die Last auf deinen Schultern mindert, motte ich ohne Zögern Stift und Zettel ein und bin nur noch für dich da.«

Sie blinzelte irritiert und ergründete eindringlich seine Augen. Für ein Lächeln reichte es nicht, jedoch trat eine liebevolle Rührung in ihren Blick. »Untersteh dich, David Blake. Du schreibst gefälligst den besten Roman deines Lebens, der auch die letzten Schläfer wachrüttelt. Und ich tue das, was ich am besten kann: Menschen unbequem werden.«

»Jeder für sich und doch gemeinsam?«, fragte er zweifelnd.

Ashari schüttelte sachte ihr Haupt, wurde in seinen Armen wieder zu fließender Seide und schmiegte sich ganz und gar an ihn. Selbst ihr Schwanz schlängelte sich um seine Beine. Wie von allein fanden ihre Lippen zueinander und sie küssten sich lang und innig. Die Welt schwand zur Bedeutungslosigkeit und mit ihr ging die Frage im trällernden Gesang seines Herzens verloren. Selbst als der Kuss zu einem Ende kam, trennten sie sich kaum einen Fingerbreit. Ihre Raubtiernase fand zu seiner, als sie ihre Stirn gegen seine lehnte. Mit geschlossenen Augen sagte sie das Einzige, das zählte: »Einfach nur gemeinsam.«

Aus dem New Jersey Mirror, 16ter Januar 2046

Sturm auf Morph-Firmen in den gesamten USA: Unzählige Morphs befreit

Am gestrigen Martin-Luther-King-Day ereignete sich in verschiedenen Bundesstaaten der USA ein beispielloser Akt gewaltloser Firmenstürmungen. Demonstranten, die von der Befreiungsorganisation *Morph Freedom* zu einem ›Kampftag‹ aufgerufen worden waren, drangen ohne aktive Gewaltanwendung in die Produktionsstätten von *Anthrotec*, *Morph Biotics* und anderer Konzerne ein und überwältigten die Sicherheitskräfte durch ihre schiere Masse. Ziel der Demonstranten war in allen Fällen der Gefängnistrakt der Firmen, aus welchem eine bisher noch unbestimmte Anzahl von Morphs befreit wurde. *Anthrotec* verweigerte, wohl in Hinblick auf die wirtschaftliche Schieflage des Konzerns, jeglichen Kommentar. *Gene Smart Design* hingegen bezifferte den ›Diebstahl‹ an Morphs als vierstellig.

Jason Fuller, Pressesprecher von *Morph Freedom*, bestreitet jegliche Beteiligung der Organisation an der Planung der Stürmungen. »In diesem Akt der Solidarität und Menschlichkeit offenbart sich lediglich, was seit einer geraumen Weile in den Bürgern dieser großartigen Nation gärt. Viele sind nicht länger bereit, die Ausbeutung der

Menschen oder Morphs hinzunehmen. Was wir gestern erlebt haben, ist die Zeitenwende in diesem sonst traurigen Kapitel der amerikanischen Geschichte.

Nun, da die Freiheitsbewegung sich durch die großartigen Menschen dieses Landes selbst trägt, wird sich *Morph Freedom* voll und ganz für das Recht der Entflohenen einsetzen. Die Gentechnikfirmen werden ein Heer aus Anwälten aussenden, um ihr vermeintliches Eigentum zurückzufordern. Aber wir sind bereit, den Spieß umzudrehen!«

Aus dem New Jersey Mirror, 10ter März 2048

Ashari erstreitet vor dem obersten Gerichtshof volle Bürgerrechte

Nach dem über ein Jahr lang erbittert geführten und gleichsam dramatischen Prozess fällte das Oberste Gericht der Vereinigten Staaten gestern ein für alle Morph-Besitzer schwerwiegendes Urteil.

Ashari, die interkontinentale Bekanntheit durch *Morph Freedom* erlangte, wurden die vollen Bürgerrechte der USA zugesprochen. Damit ist sie weltweit die erste Morph, die sowohl gesetzlich belangbar ist, als auch alle Rechte ihres Heimatlandes einklagen kann.

Mit diesem Urteil wurde ein Präzedenzfall geschaffen, durch den Experten eine Lawine von Folgeklagen erwarten. Damit neigt sich die Ära, in denen sich Menschen über anthropomorphe Wesen stellen durften, dem Ende entgegen. David Blake gab direkt im Anschluss an die Urteilsverkündigung die Besitzrechte an Ashari ohne Zögern auf.

»Das ist ein bedeutender Tag für mich und für alle Morphs auf diesem Planeten«, bekräftigte Ashari. »Mit dem heutigen Urteilsspruch kann ein Morph vor jedem Staatsgericht ohne lange Prozessdauer seine Bürgerrechte einklagen. Es ist nur eine Frage der Zeit, bis das ein Pauschalurteil nach sich ziehen wird.«

Auf die Frage, was sie mit ihrer neugewonnenen Freiheit als Erstes anfangen wolle, erwiderte sie ausgelassen: »David einen Heiratsantrag machen.«

Nachwort

Liebe Lesende,

an dieser Stelle verlassen wir Ashari und David und überlassen den Rest ihres gemeinsamen Lebens unserer Fantasie. Sicherlich gäbe es noch mehr zu erzählen. Ein Happy-ever-after in Prosa ausschmückend geschildert vielleicht? Oder Details, wie *Morph Freedom* den Sturm auf die Gentec-Firmen auf die Beine stellen konnte? Ohne Frage wäre hier ausufernd Raum für mehr.

Doch vorrangig ist *Der salzige Geschmack unserer Freiheit* für mich immer die Geschichte über die Annäherung von Ashari und David gewesen. Da ich Sklaverei in jeder Form zutiefst verabscheue, musste dieses aufkeimende Vertrauen, der zarte Spross der Zuneigung und schließlich diese wunderbare Pflanze namens Liebe von beiden Protagonisten mit Bedacht gegossen werden. Ein Auseinandersetzen mit der Freiheit im Großen wie im Kleinen war somit unerlässlich für sie. Diese Geschichte ist nun erzählt. Also seid bitte nachsichtig mit mir, dass es nur eine Novelle geworden ist.

Andere Projekte von mir sind schon im fortgeschrittenen Stadium und ich verspreche, dass sie bei Weitem nicht so kurz ausfallen. Wenn ihr neugierig seid, könnt ihr mir auf Facebook oder Instagram folgen (sucht »Christopher Abendroth Autor«). Wenn euch Details nicht kümmern und ihr nur über das Erscheinen neuer Bücher von mir informiert werden wollt, dann abonniert gern meinen Newsletter (www.abendwelten.de/newsletter.html).

Und eine Bitte zum Schluss: Wenn euch das Buch gefallen hat, seid so lieb und hinterlasst eine Rezension auf Amazon. Ob Sternchen (schnell erledigt) oder sogar Text (Begeisterung oder Leid geteilt) liegt ganz bei euch, aber ihr helft mir als Debütautor damit ungemein.

In diesem Sinne: Vielleicht lesen wir uns wieder – in einer anderen Abendwelt. Es würde mich freuen.

Herzliche Grüße

Christopher Abendroth